かるい生活

群ようこ

朝日文庫

本書は二〇一七年十一月、小社より刊行されたものです。

かるい生活●目次

1．体をかるく

2. 物をかるく

3．しがらみをかるく

かるい生活

1. 体をかるく

はじめてクーラーを入れた日

今年（二〇一五年）の五月は、急に気温が上がったりして、温度差が激しかった。日に日に上がっていくのならば体は慣れるけれど、前日との差があって、高温になったりすると、朝、目が覚めた時点で、

「あ〜」

と脱力し、

「今日は捨てた……」

とうんざりした。これからお昼にかけてもっと気温が上がり、今日一日、この暑さのなかで過ごさなくてはならないかと思うと、とたんにやる気が失《う》せる。そんな日が何回もあった。

それはうちの飼いネコも同じだったらしく、朝方、私を起こすと、むっとした顔で、

「うい〜」

と低い声でうなる。朝方といってもまだ四時なのである。冬場は私を起こす時間は五時か六時なのだが、気温が高くなってくるとネコ式目覚まし時計がサマータイム仕様になるのか、ひどいときには三時半に起こされることもある。どうしてうちのネコが、そのような行動をとるかというと、「私はこれから本格的に眠るので、あんたはすぐに起きて、私によろしくない事柄が起こらないように見張っていろ」という魂胆らしい。私もそんな時間に起こされても困るので、

「まだ早いから。あと二時間くらいしたら起きるからね」

と宣言して、うつらうつらする。その間もネコは十分おきに、

「うい～」

とうなって早く起きろという。それを無視しつつ、何とか六時までねばって朝御飯をあげると、やっとネコは安心して眠りに入ってくれるのだ。

ところがその日は湿気が多く、ネコはいつもと違ってなかなか寝られないようで、むっくり起き上がり不細工な顔で、

「うええ～」

と心の底から嫌そうな声を出す。それを何度も繰り返すので、

「暑い？　クーラー入れる？」

と聞いたら、目をぱっと見開いて、

「んー」

とものすごくかわいい声で鳴いた。私にとってネコは子供のようなものなので、日常生活はだいたいにおいて、ネコ優先なのである。

五月のその日が今年になって、はじめてクーラーを入れた日になった。温度設定を二十八度にして、冷風が漂ってきたとたんに、ネコは満足そうに目を閉じた。ネコの様子を見ていると、室温が三十度を超えるか、あるいは湿度が高いとクーラーが必要になるらしい。うちのネコは私と同じで、若い頃はクーラーは好きではなかった。しかし今年で十七歳になり、人間に換算すると八十四歳となった今では、やはりクーラーなしでは体がきつくなってきたらしい。自然への順応度が高いと思われる動物でも、何もなしで過ごすには、環境が厳しくなってきたのだろう。

私はふだんは家にじっといて仕事をしていて、外出するのは近所への食材の買い出しと、週に一度の漢方薬局通いくらいである。ずっと漢方薬の調剤はしていただいているが、おかげさまで体調には問題はなく、一時間の予約時間のうち、ほとんどが雑談で終わるような状態である。

「このところ、お子さんがいる人は、大変だったんですよ」

五月の終わりに、漢方薬局の先生はそういっていた。昔は運動会というと十月開催が主だったが、この頃は五月に行う学校も多く、親も駆り出される。まだ気候に体が慣れていないのに、高温のなかで行事をこなさなくてはならない。子供を第一に考えて、親は自分の体調は二の次になり、自覚がないうちに体力を消耗してしまう。

「熱中症気味になった人も、たくさんいましたよ」

頭が痛くなって、それが翌日になっても治らないので、先生のところに連絡をしてきた人が何人もいたという。

「頭痛がする人には『五苓散《ごれいさん》』を出していたんですけど、この薬は暑気あたりにも使えるので、これまではもっと暑くなってから、出していたんです。でも最近は気候が変でしょう。これからは前倒しで出すようになるかもしれないですね。あの暑さのなかで、頭が痛くなるようなことはなかったですか」

「私は大丈夫でした。ただ私は湿気に弱いので、湿気があると本当に体が重くて鬱陶しい感じになります。そんなときは、『牛』(霊黄参《れいおうさん》)を飲むようにしていますけど」

「胃の弱い人は湿気に弱いし、『霊黄参』は熱中症の予防にもなりますからね。クーラーも上手に使ってください。除湿をかけても湿気が取れないから、冷房をかけるしかないのよね」

これまではさわやかさとイコールだった五月も、朝起きて、

「ちょっと、やな感じだな」

と感じる日が多くなってきたのは悲しい。早朝から蒸し暑くてどんよりして空気が重い日には、珍しく朝から夕方の間に、うちの近所を救急車が五回も走っていた。私が住んでいる地域は、古くから住んでいる高齢者も多く、寝ているうちに熱中症になったりする場合もあるようなので、早朝から体調を崩す人がいたのかもしれない。

「まったく、この気候はいったいどうなっているのかしら。まだ五月ですよ。それなのに真夏に東京でオリンピックやパラリンピックをやるなんて、本当に信じられない」

先生はちょっと怒っていた。自然現象に怒っても仕方がないのは重々わかっているが、

「それにしてもひどすぎる」という。

昔の日本は、もちろん暑い夏もあったけれど、おだやかな春、すがすがしい初夏、

雨の多い梅雨、暑い夏、さわやかな秋、寒い冬とめりはりがあった。湿気の多い時季はあっても、そのかわりにさわやかな時季もあり、寒い時季もあれば暖かい時季もありと、骨身にしみる寒くて辛い時季を乗り越えれば、ほっとする心地よい時季が訪れるのだと楽しみになったけれど、近頃はそれがすべて裏切られている。初夏の心地よい日なんて、一日か二日あればいいほうで、あとはずーっと梅雨とごっちゃになって湿気に悩まされるのだ。

気温差が激しい日が続くと、体が慣れるとか慣れないとか、私もかつていっていたけれど、この歳《とし》になると人体に快適といわれている、気温十八度から二十四度、湿度四〇パーセントから六〇パーセント以外は、慣れないような気がしてきた。テレビで若い人と高齢者で、冷房の室温の変化への対応の差の調査をしていた。最初は快適な気温の部屋にいてもらい、それからクーラーの設定温度を徐々に下げていくと、若い人は途中から寒いと感じて、羽織物を肩にかけたり、寒いと意思表示をするのだが、高齢者の場合は、同じように気温を下げても寒がらない。その対応の差にはびっくりした。

高齢者で「クーラーは寒くて苦手だから使わない」「冷えすぎて膝が痛くなる」という人がいるけれど、実際にそうなのかと首を傾げるような実験結果だった。彼らの話だと、とても冷房の温度には敏感な印象を受けていたが、彼らが話していたことと現状は違っていた。とはいえテレビは特に、先に結論ありきで、都合のいいように作られている場合が多くて信用できないので、これだけで高齢者は冷房の温度変化に鈍感とはいえないけれど、とりあえずは興味深かった。私は各部屋に、温度と湿度がわかる小さな計測器を置いている。ある年齢以上になったら、自分の体感に頼るよりも、現在の室温や湿度がわかるようなものを、置いておいたほうがいいように思う。

何も真夏の香港みたいに、外に出たら、

「あぢー」

となり、室内に入ると、

「ひゃあああー」

と全身の毛穴が閉じて凍えそうになるほど、冷房をきかせろとはいわないが、やはり今の状況はクーラーを上手に使わないと本当にきつい。うちはネコが寝ているベッドルームのみに、少し窓を開けて設定温度二十八度でクーラーをかけているが、それでぎりぎりの涼しさを味わっている。これで耐えられないときは、仕事をする食卓があるＬＤＫでも、同じ温度設定でクーラーを入れるようにした。しかし五時になるとクーラーは切り、部屋の窓を全開にして空気を通すようにしている。陽が落ちればなんとかしのげるけれども、吹いてくる風が涼風ではなく生暖かいのが、すっきりしないのだ。

次の漢方薬局の予約日、やはり先生に、

「体調は大丈夫ですか」

と聞かれた。

「はい、問題ないです」

「それはよかった。体調を崩す人がとても多くて。最近は強めの薬を出さないと、治らないような人も多くなってきたので。夏に出していた薬は前倒しにしなくちゃならないし、薬の成分は強くしなくちゃいけないし、本当にどうしたらいいかしら」

あの不愉快な毎日で、冷たいものを一切口にしないで、じっと耐えろというのも酷なような気がする。高温になったら冷たいビールの一、二杯は飲みたいだろう。私もわらび餅などの、つるりん系の和菓子や、一〇〇パーセント果汁ジュースを、家で製氷皿で凍らせてシャーベット状にしたものを食べていた。もちろん甘いもの、冷たいものを多めに飲食してしまったと思ったら、「呉茱萸湯《ごしゆゆとう》」を服用するのは必須である。知り合いから四個のハーゲンダッツのアイスクリームをいただいて、それはとてもうれしかったのだが、カップの五分の一の量で満足したのには自分でも驚いた。昔は一日にカップ二、三個を食べたこともあったのに、今は一個を一週間くらいかけて食べている。

「老いたな」

と納得し、先生に正直に話したら苦笑いされた。

「今は問題がなくても、これだけ暑さが前倒しになっているので、予防のためにも薬のどれかを『五苓散』に替えませんか。基本的には水抜きの薬で、この間、お話ししたように、暑気あたりとか、二日酔いにも使うような薬です。どの薬と替えましょうか」

私は胃を温める「人参湯《にんじんとう》」は必要だと思うので、同じ水を抜く薬の「苓桂朮甘《りょうけいじゅつかん》湯《とう》」と替えることにした。一度に全取っ替えするとよろしくない気がしたので、一週間分のうち、「五苓散」四日分、「苓桂朮甘湯」三日分にしてみた。「五苓散」は必要以上の喉の渇きを抑制する効果もあるという。私の場合、からっと晴れた高温の日よりも、気温がそれより低めでも、湿気が多い日のほうが、水分を余分に摂《と》りたくなる。体内に溜《た》まった水が水を呼んでいるといわれているが、欲望の欲するまま、水分を摂っていると、後が恐ろしい。「五苓散」のエキス錠を服用してみると、たしかに何か飲みたいという、喉の渇きは少なくなり、むやみに水分を摂りたくなくなったのは事実だ。暑気あたりに使う薬が、水を抜く薬というのも不思議ではあるのだが。

気温が高い日でも、気分的にはうんざりしつつも問題なく過ごしているが、ふと室内を見渡すと、本やら衣類やらその他の物品が目につき、それらを見ていると圧迫感があってより暑苦しく感じる。

「雑多な物を処分すれば、さわやかですっきりとした気分になるのに」

そうつぶやいたものの、これから夏本番になるのを考えると、重い腰は上がらないのだった。

連日の湿気で○○が生える？

うちのＬＤＫの食卓兼仕事机の上には、パソコン、辞書、本、書類、文房具などが置いてある。四脚ある椅子の上にも物が積んである。私は自分の短足に合わせて、シートハイの低い椅子を仕事用にしているので、食卓用の椅子四脚は物置になっているのだ。

とはいえいちおう私なりにジャンル分けはしている。一脚には寄付するための本。どうしてここに置いてあるかというと、本を買うとまず食卓の上に積んでおく。仕事に飽きたら、気分転換にページをめくるために、そばにおいておくのである。そして読んだ後に、手の届く椅子の上に、のせ続けていたらこうなった。もう一脚にはマイバッグと、漢方薬局に通うとき用のナイロンバッグ。なかに財布や通帳が入っているので、ベッドルームに置いておくより、手近にあるほうがなにかと便利なのだ。あとの二脚には、タオル、肌着、パジャマの山と、それ以外の衣類。本は崩れないようにきちんと積み上げ、衣類もたたんであるので形状に乱れはなく、私な

りにはきちんと整理しているつもりなのだが、

「これでいいのか?」

と疑問を持ってはいる。

寄付用の本はともかく、それ以外の物品には、それ用の引き出しがあるのだから、LDKから十歩、あるいは二十歩歩いて、そこに入れておけばいいのにやらない。着替えと共に洗濯が頻繁になる初夏から夏にかけては、洗濯物を取り込んだら、ざっと用途別に分けて積んでおき、そこからまた取り出して着たほうが、動線に無駄がないような気がするからだ。

ただ自分でもわからないのは、たとえばハンガーにかけて干した衣類の場合、Tシャツはさっさとたたんで椅子の上に積んでおくくせに、ワンピースや外出用の服は、ちゃんとクローゼットにしまう。また肌着もパンツだけは、すぐに脱衣所の引き出しに入れる。しかしキャミソールやタンクトップなどは、椅子の上なのだ。よくサルやクマなどの行動を見ていると、

「どうしてこんなことするの?」

と不思議に思ったりもするのだが、私の行動も変である。食卓からは脱衣所がいちばん遠い。それなのにパンツがさっさとしまえるのなら、他の衣類もきちんと十

歩歩けばそこにある、ベッドルームの引き出しの中にしまえるだろうに、そうはしない。単純に距離だけではない何かが作用している。誰かが突然やってきたとき、キャミソールは見られても恥ずかしくないけれど、パンツは恥ずかしいから、さっさと隠しておこうという気持ちがあるのだろうか。それだったら、食卓の椅子に衣類が積んであること自体、恥じるべきなのに、なかなか改善できない。いちおう系統立てて置いてあるけれど、無精によってできた塊を、見苦しいとは感じている。しかし湿度の高さにうんざりして、なかなか重い尻は上がらない。これはまずいと思いながら過ごしていたある日、久しぶりに日中に会食のお誘いをいただいた。そういうときに着る外出着は、クローゼットにしまってあるので問題はない。前日の夜、場所と集合時間等も確認し、電車の発車時刻も確認して、ベッドに入った。

当日の朝、起きると気分がよくなかった。ベッドルームの部屋の温度、湿度が高くなっていて熱気がこもり、頭がぼーっとしている。実は前日の気温が二十二度だったので気を許し、不法侵入できない部屋の窓を開けるのを忘れて寝てしまった。ネコも不快を前面に押し出して、

「うああ、うあああ」

と鳴いて訴える。すぐにクーラーを入れたものの、気分はよくならない。昼には

会食の予定が入っている。ここで冷たい水を飲むのはNGなので、ふつうに朝食を摂《と》った後、温かいカフェインレスの紅茶を飲んだ。いつもなら、ここでどっと汗が出て、すっきりするはずなのだが、相変わらず、ぼーっとした感じは抜けない。重心がすべて頭にあるような感じがする。頭は痛くはなく、排泄《はいせつ》関係も問題なかったので、大事には至らないだろうとは思いつつ、大丈夫かしらと不安になってきた。

そこで取り出したのが、ペットボトル氷である。これはずいぶん前に、夏場の高齢者の熱中症予防に、小さなペットボトルに水を入れて凍らせ、それを布で包んで、首筋や脇の下に当てると、熱を持ちすぎた血液が冷やされて体全体にまわるので、体が楽になると聞いたのを実践しているのだ。冷凍庫からペットボトル氷を取り出し、手ぬぐいにくるんで首筋や脇の下に当てていると、

「はあああ」

と声が出てほっとする。これで出かけるまで、しのいでいたのだが、やはり気分はすぐれない。前日に比べて七度気温が上昇し、かんかん照りになったなかを、着替えて外に出かけなくてはならない。お助け薬の『牛』（霊黄参《れいおうさん》）を服用して出かける気力を振り絞った。

夏場に外出するときの、ふだん使いの日傘は、紫外線、赤外線、可視光線を一〇

○パーセントカットするもので、さしていると体が楽なので愛用している。しかしレストランで会食のため、それなりの格好をしているので、いつも使っているふだん用ではなく、ふちにレースの透かしがあるお洒落《しやれ》用の、昔ながらの綿の黒い日傘にした。それを手にして一歩マンション前の路上に出たとたん、

「しまった」

と後悔した。

綿の日傘は多少の日除《ひよ》けになるものの、こんなにダイレクトに熱を通すとは、想像もしていなかった。その日傘が悪いのではなく、それで防ぎきれなくなった、刺すような強烈な日射しのせいなのだ。時間がないこともあり、私は心の中で、

（暑い、いかん、これはいかん）

とつぶやきながら、日傘をさしているのにもかかわらず、必死に日陰になっている所を歩いて駅にたどりついた。

まさか倒れることはないだろうが、こんなぼーっとした状態で大丈夫かと、相変わらず不安になりながらレストランに到着した。店の中はひんやりと冷えていて、だんだん体の中の妙な熱気が治まってきた。食事も全部食べられるだろうかと、気になっていたのが、食べているうちにだんだん元気になってきて、デザートまです

べて食べ終わったときには、朝方の不快な気分が嘘《うそ》のように消えていた。行きには「しまった」と後悔した日傘も、帰りにはやはりふだん用の日傘よりは暑いけれど、まあ我慢できる範囲に感じられた。漢方薬局に通うようになってから、体の調子が少し悪くても、半日あれば治るようになったのはありがたい。

あちらこちらに不具合が起こるような年齢になったら、初夏から夏が終わるまでは、室内の温度、湿気はもちろん、朝晩の外気の変化にも敏感になるべきだと肝に銘じた。そうしないと私みたいに、寝ているうちに閉めきった室内の熱気で蒸されて、ぼーっとした状態で起きなくてはならない。一歩間違えたら、熱中症になる可能性もあっただろう。

それから私は毎日、外気温変化をチェックするようになった。テレビのデータ放送には、天気のところに一週間の気温が表示されている場合が多いので、夜から日中までの気温をチェックする。困るのは全局が一致しないところである。ある局では最高気温が三十三度なのに、他の局では三十六度だったりする。

初夏から夏にかけてのこの三度の違いは大違いである。いったいどっちなんだと、はっきりさせて欲しいのであるが、他の局に比べて気温が高めになっている局はずっとその傾向があり、気温が低めの局も同じである。気温が低いと思って高くなるよりも、高いと身構えて低くなったほうが精神的に楽なので、天気予報は気温が他局よりも高めの情報を流している局を基準にすることにした。ところが高めの予報なのに、それよりも気温が高くなる場合があって、本当にがっくりした。湿気も多い。落胆するとその日、ずっとやる気が失《う》せるので、最低限の用事しかしない。三度の食事作り、仕事、ネコの世話、以上である。片づけや掃除は含まれない。なので部屋の中は片づかないままだった。

飲みはじめた『五苓散《ごれいさん》』のおかげで、不必要に水分は欲しなくなったけれど、それで湿度が下がるわけではない。週一で通っている漢方薬局でも、先生と顔を合わせるなり、

「湿気が多くて、本当にいやですねえ」

という話になる。この先、一年中、ずっと梅雨のような天気なのではとうんざりする。先生は、

「昨日、びっくりしたの。家の中の鉢植えに、キノコが生えていたのよ」

といった。先生は花や植物が好きなので、薬局にもいつもきれいな花が飾られている。家にも鉢植えがたくさんあり、それらをチェックしていたら、ひとつの鉢に目が留まった。

「あれ？　何これ？」

顔を近づけてじーっと見ると、木の根元にちゃっかりとキノコが生えていたというのだ。

「それ、食べられる種類ですか？　しめじとか、えのきとか」

「微妙な雰囲気だったから食用不可みたい。でもどうしてそんなことになったのかしら。キノコって、湿度が高くないと生えないでしょう。外ならわかるけど家の中なんだもの。やだなあ」

私は、

「先生、『男おいどん』って知ってます？」

と聞いてみた。先生は私よりも歳下《としした》なので、漫画を読んだ経験はなく、名前だけは聞いたことがあるという。そこで私はこの漫画は、『銀河鉄道９９９』や『宇宙戦艦ヤマト』を描いた、松本零士が描いたもので、四畳半の汚い下宿に住んでいる男性が、猿股を山積みにしてほったらかしにしていると、そこにキノコが生えてきた。それをサルマタケと呼んで食用にもしていた、という話をした。

「メーテルを描いた人が、そんな漫画も描いていたの？　幅広く活動なさっているのね」

先生はとても感心していたが、
「でもうちのはサルマタケじゃない」
ときっぱりといいきっていた。たしかに鉢植えの木の横に生えたのだから、猿股に生えたわけではない。が、どこかから菌がやってきて、発生したのは間違いないのだ。

薬局からの帰り道、あぶないのは私のほうじゃないかと気がついた。先生のお宅は一戸建てで地続きだから、マンションの三階に住んでいる私よりも、さまざまな物が室内に入りやすいかもしれない。しかしきっと室内はうちよりもはるかに整理整頓されていることだろう。先生は前の家に住んでいるとき、泥棒に車以外の物品、一切合切を盗まれた経験から、とにかく所有物は少なくてよいと割り切っているので、物は最低限しかないといっていた。そんなすっきりとした掃除が行き届いたお宅でも、この湿気で室内にキノコが生えたのだ。

連日の湿気を考えると、脱衣所の引き出しに入れてある、私の女物の猿股にもサルマタケが生えているんじゃなかろうか。また積みっぱなしの肌着類をそっとめくってみたら、そこにキャミダケやら、五本指靴下ダケが生えていたらどうしよう。洗濯後のものを積んでいるので、キノコが発生する可能性は低いかもしれないけれど、何らかの理由で、いつ何時キノコ菌が付着するかわからない。キノコが出てくる特撮ホラー映画「マタンゴ」まで思い出してきた。これだけ湿気の多い鬱陶しい天気が続いたら、そこここにキノコが生えてしまうような気がする。それ以来私は、ちょっとだけまめに片づけるようになったのである。

高温多湿と体の水分

七月下旬から八月上旬の、連続猛暑には本当にまいってしまった。それで食欲が減退するとか、体調を崩すとかはなかったのだが、とにかくからっとしていないのが辛《つら》かった。気温が高いのに湿気も多い、見事な高温多湿である。明るい暑さではなく陰気な暑さだから、ものすごく鬱陶しかった。

ただでさえ寝苦しいのに、相変わらず、夜寝ていると飼いネコに何度も起こされた。猛暑の間にネコの形相が変わってきて、

「あんたのかわいい顔はどこにいったの?」と聞きたくなるくらい、日に日に不細工になっていく。眉間に皺《しわ》を寄せて変な低い声で鳴くし、食欲も落ちている。ネコも寝苦しいのはわかるのだが、その気持ちは自分のなかで処理して欲しいのに、私を巻き添えにするのだ。

傍らでうごめく気配がするので目を覚ますと、私の顔をのぞきこみ、

「ういー」

と地の底から響いてくるような、暗い声で鳴く。

「暑いね。みーんな暑いから。おやすみ」

そういって目をつぶると、五分後にほっぺたを叩《たた》いて起こす。この「もしもし攻撃」は本当に迷惑なのだ。起こされるたびに私は不機嫌になっていくのだが、ネコはさっきと同じように、私の顔をじっと見て、

「うぃー」

と鳴く。

「いくら文句をいってもどうにもならないからね。はい、おやすみ」

とにかく眠いので、ネコにくるりと背を向けるようにして寝る。しばらく耳元でネコの鼻息が聞こえているのだが、だんだんそれが遠のいていく。やっと寝てくれるかと、ほっとしていると、突然、頭を叩かれた。ここで振り返ると「うぃー」がはじまるので、寝たふりをして無視していたら、背後に座っているネコが、まるで木魚を叩くように、私の頭を叩き続けた。それも、

「うああ、おわああ」

と怨念のこもった鳴き声つきでだ。

「ああっ、うるさい」

うちのネコは十七歳で、人間でいえば八十代半ばである。老齢なので日々、労《いたわ》る気持ちは持っているが、私は寝付きはとてもいいのだけれど、睡眠を邪魔されるのが、いちばん辛い。それも寝苦しい真夏となったらなおさらだ。

私の声にネコも不満そうに、

「うわあー」

と顔をしかめて鳴く。

「どうしたいの？　何をしたいわけ？」

ベッドから降りると、ネコはたたたっとＬＤＫに走っていって、ベランダに出してくれという。深夜二時といっても、全然、涼しくない。戸を開けてやると、ネコはベランダに出て空を見上げ、ぼーっとしていた。私は睡魔に勝てないので、ソファーによりかかって寝ていた。そしてまたいい感じになったところで、ベランダからの、

「うああー、おわああ」

の鳴き声で起こされた。朦朧《もうろう》としながら、ネコを部屋の中に入れて鍵を閉め、よろめくようにしてベッドに戻ると、ネコは夏の自分の寝場所である、出窓に戻ってやっと寝てくれる。これで寝られると、はーっとため息をついて、私もベッドに横

たわる。それでまたいい感じに寝ていると、二時間おきに「もしもし攻撃」、無視しているとその後に「木魚攻撃」がはじまるのだった。

こんな状態で私は毎日眠くて、体力が持つのだろうかと心配になっていた。漢方薬局に行くと、私が何かいう前に先生は、

「お疲れのようですけど、眠れていますか」

と聞かれた。事情を説明すると、

「ネコちゃん、困ったわねえ。どうしたらいいかしら」

と同情してくれた。先生の家にも高齢の小型犬がいるのだけれど、朝方に「もしもし攻撃」をしかけてくるという。

「うちは完全に無視して、寝たふりをしていると諦めますよ」

「うらやましい。うちの場合は、和尚さんがお経を唱えている間、木魚を叩いているように、私が起きるまで延々と頭を叩いてきますから」

ネコはしつこいのである。先生は苦笑しながら、

「どうしたらいいのかしら。うーん」

と考えてくれたが、これだという解決策はない。私が熱帯夜のなか、老ネコの攻撃にじっと耐えるしかなかったのだ。

そんなふうに睡眠不足なのに、連日の陰気な猛暑である。無駄な動きをしてエネルギーを消耗するのはいやなので、必要最低限のことしかしないと決めた。買い物も陽《ひ》が落ちるとこまめに買い出しをしていたが、外出をするのも避けたい。冷蔵庫がすっからかんになると、夕方、それほど気温も下がらないなか、覚悟して買い出しに行き、自分が手に持てるぎりぎりまで買いだめをした。毎日食べる鶏肉は一週間分を冷凍保存して、なるべく買い出しをしなくて済むようにしていた。

朝、五時、六時に起きると、

「これくらいなら、まあ耐えられる」

と気分もいいのだが、それから時間が経つにつれて、急角度で気温が上がるので、汗がじわっと出てくる。おまけに湿気があるので、体にまとわりついてくる不快感が伴う。そしてだんだん不機嫌になっていくのである。そのときネコはクーラーのきいたベッドルームで爆睡している。それを見ていると、腹が立ってきた。ただ薬局でお世話になりはじめてから、汗の質が変わって少し楽になったのはありがたかった。以前はべたっとした汗だったのに、今はさらっとしているので、それに関してはよかったのだが、それを差し引きしても、不快なのは間違いなかった。

うちの近所では、真夏でもジョギングをしている人が多く、彼らはきちんとトレーニングを積み、心地よくて走っているわけだけど、彼らを見ていると、「大変そうだなあ」と「汗が出てすっきりするだろうな」と両方の気持ちが入り交じる。ただ何のトレーニングもしていないド素人が真似《まね》をしたら、あっという間に倒れてしまうだろう。そんな話を先生にしたら、

「体に水が溜《た》まりやすい体質だからといって、そんなことをしちゃだめですよ。体力のない人は、必要以上に汗をかきすぎると、陽気が失われて疲弊するので、真似しちゃいけません」

無理がきかない体質なので、走ろうとは思わないけれど、仕事をしているときは座っているし、体を動かすのは最低限にしているのに、

「どうしてこんなに汗が出るのかな?」

と素朴な疑問が出るくらい、汗がじんわり出てくる。汗は体の体温調節機能なので、出ないと大変なことになるのだけれど、いつまでたってもすっきりとしない。先生は、

「湿気が多いから、汗をかいてもすっきりしないんですよね。すべて高温多湿になってしまった、この頃の気候のせいです」

と困った顔になるのだ。

年々、私は歳《とし》を取るし、体力も落ちる。八月第一週の連続猛暑日、おまけに熱帯夜が続いたときは、台所で昼御飯を作っていて、ふと不安になった。

「こんなに暑い日が続いていて、六十代になったばかりでこんなにきついのに、七十代、八十代になったら、いったいどうなるのだろうか」

私はこれから歳を取って、「毎年、夏場も元気で過ごせそうです」なんて、とてもじゃないけどいえない。温暖化の影響がある気候が、これから好転するとは思えないし、どう考えてもいい方向には向かうはずがない。

「鉄筋のマンションだから暑いのかな」

私の部屋は風通しはいいけれど、最上階なのでずっと屋根からの熱気が溜まっているような気がする。下の階だったらそんなに暑くないのではと、二階に住んでいる方に聞いてみたら、風通しが悪くて暑いのだそうだ。

場所は関西だが、実家が古い木造家屋という人にも聞いたら、

「実家から帰ってきたばかりだけど、木造家屋はマンションよりも暑いような気がする」

といっていた。北海道でさえ、東京よりも気温が高い猛暑日になった場所もあったり、何だかもう、八方ふさがりである。夏場の日本には猛暑の逃げ場がどこにも

なくなっているようだ。

それを考えたら、脱げない毛皮を着て、老齢のうちのネコも大変だろうと、彼女の辛さを思いやった。

「暑いね、そのうち涼しくなるから、もうちょっとの我慢だからね」

そういいながら、ぬるま湯に浸したタオルを絞って、ネコの体を拭いてやった。ちょっとだけぐるぐると喉をならしていたが、ものすごい不細工顔も低い声も元には戻らない。あんなに目がくりっとしてかわいかったのに、猛暑のせいで、この不細工な顔のまま一生を終えるのだろうかと、不憫《ふびん》になってきた。

「頑張るんだよ。あともう少し我慢したら、涼しくなるからね」

ネコにいっているというより、ほとんど自分にいいきかせているようだった。ネコはずっと不機嫌で、涼しい場所を見つけては、五体投地をしているかのように、床にへばりついていた。

夕方、買い出しに行くと、蚊よけスプレーを吹きつけても、蚊に刺されることが多かったのに、猛暑のときは蚊も避難しているらしく、一回も刺されなかった。ある日、夕方の買い出しから帰って、マンションのエレベーターに乗り、降りる階で扉が開いて一歩フロアに踏み出したとき、そうだ、あいつらは体に止まって移動するのだと気がついて、頭のてっぺんを手で払った。するとぷい〜んと蚊が飛び立った。あっ、やっぱりとあわてて蚊から遠ざかると、何とその蚊はUターンして冷房のきいたエレベーターに戻っていった。繁殖のために必要な人間の血液よりも、蚊は涼しさを選んだのである。蚊でさえもそうしたくなるような猛暑なのだ。

食後、雑誌を見ていたら、山形の郷土料理の「だし」が紹介されていた。きゅうり、ナス、ミョウガ、大葉、がごめ昆布などが材料で、これは涼しげでおいしそうだと、食材を購入して作って食べようと思っていたら、少し気温が下がった日が続き、急に過ごしやすくなった。夜は窓を開けると寒いくらいになり、作る機会を逃した。猛暑日にめげるのではなく、積極的に暑さを楽しもうと思いはじめたのに、腰砕けになってしまった。

気を張っていたのが一気にゆるんで、毎日、ぼーっとしてしまい、仕事の能率も悪かった。おまけに鏡を見てみると、ネコの形相についてあれこれいっていたくせに、猛暑が過ぎたら自分も見事に一段階老けていた。そして月のはじめはあれだけ辛かったのに、その辛さが思い出せない。猛暑のせいで記憶が失われたのかもしれない。

ものすごく不細工だったネコの顔も、気温が下がるにつれ、元に戻ってほっとした。

「気温が上がった日に冷たい物を食べ、翌日に気温が下がると、対応するのが難しいので体調を崩すんですよ。まだ気温が安定しないでしょうから、しばらくの間は『五苓散《これいさん》』は飲んだほうがいいと思います」

今の私は先生の言葉にうなずくだけである。あの猛暑のなか、体調に不安を感じることもあったが、とりあえず私の食欲は衰えず、老ネコの顔面も食欲も戻り、お互いに大事にならなくてよかったと、ほっと胸をなで下ろしたのだった。

謎のぶつぶつ

猛暑は去ったものの、何日かに一日、ぽこっと気温が高い日があり、翌日はぐっと気温が下がったりする。そんなときに薬局に行くと、先生は、

「今日も朝から大賑《おおにぎ》わいだった」

とため息をついていた。すでに薬局通いを卒業した人々からも、体調が悪くなったので、薬を調剤して欲しいという電話が、ひっきりなしにかかってきたという。

「不思議なことに、同じ日に同じ症状の人が集中するのよ」

各人の症状がばらばらというのではなく、みな一様に、頭痛がするとか、お腹《なか》をこわしたとか、喉が痛いとか、その日によって同じ症状を訴えるというのだ。喉が痛い症状は、風邪のはやりかけの可能性もあるが、頭痛や腹下しは、ウイルス性ではない限り、集中して起こるものでもないので、謎だといっていた。そして最後は、

「昨今の気候がよくない。こちらは自然現象に対して何もできないのだから、できるだけの自衛策を施して、やりすごすしかない」という結論に達し、

「仕方がないわねえ」

とうなずいて終わるのだった。

幸い、私は夏が終わっても、特に体調が悪くなることもなく、日々を過ごしていたが、ひとつだけ体の変化があった。猛暑の最中は、ただひたすらやる気が失《う》せ、毎日、

「はああ～」

の連続だったのだけれど、気温が下がってくると、少しやる気が出てきた。ところがそんなときに、脛《すね》に赤い小さなぶつぶつができて、これが日を追うごとにかゆくなってきたのだ。夏場は家にいるときは、麻の八分丈のぶかっとしたパンツに、上にはこちらもぶかっとした、薄手のコットンのチュニックを着ていた。とにかく風通しがよくて、汗を吸い取る服を着ていたのだけれど、外出するときは、Tシャツに冷房対策の薄手の羽織りものを着用し、ストレートジーンズを穿《は》いていた。

そのジーンズは、パターンがいいのか、私の太くて短い脚がましに見え、おまけに値段が安い。本式のインディゴ染めでもなく、綿一〇〇パーセントでもなく、軽いストレッチがきいている作りなので、厳密にはジーンズではないのだろうが、ふだん穿きに愛用していた。寒い時季用には同型で裏起毛のものもあり、これも暖か

くて楽なので、最近のお気に入りになっていた。

薬局へも、このジーンズを穿いて通っていた。少しでも運動不足を解消しようと、現地まで二ルートあるうち、駅から十二分ほどを歩くルートを選んで、真夏も変更しなかった。それくらいの距離だと、夏場でも汗をかいて気持ちがよかった。猛暑のときもそれで問題がなかったのに、気温が下がりはじめて、薬局への道中も楽になってきたある日、家に帰って部屋着に着替えるとき、

「あれ？ この赤いぶつぶつは？」

と脛の異状に気がついたのだ。

最初は二、三個だけだったのが、そのジーンズを穿いて、近所に買い物に行くたびに、ぶつぶつが増えてかゆくなってくる。特に紺色ではなくブラックジーンズを穿いたときのほうがひどい。ちなみにジーンズを穿いている下半身の腰まわりや太腿にはまったく影響がなく、ぶつぶつが出ているのは脛の部分だけなのだ。先に出てきたぶつぶつが治らないうちに次のが出てくるので、赤い点々が増えていく有様だ。ふだんは何もしないで自然治癒にまかせているのだが、今回は増えるのが嫌な感じがして、タルカムパウダーをはたいてみたものの、それほど効果がなく、皮膚のトラブルがあったときの、最終手段として使っている、ステロイド剤が入ってい

ない軟膏《なんこう》を塗っても、ほとんど効果がなかった。

外出せずにずっと家にいて、ぶかっとしたパンツを穿いているときは、脛の状態は悪化しない。どう考えてもジーンズがあやしいので、外出のときにそれを穿くのをやめたら、徐々にぶつぶつが消えてきた。布地と脛はすれる可能性があるので、繊維か染料のどちらかが、汗をかいた肌と合わなかったのだろうか。それであれば膝から上の部分のほうが、布地との密着度が高いはずなのに何ともない。しかし疑問なのは、もっと汗をかくはずの七月、八月に、どうして赤いぶつぶつが出なかったのだろうかということである。そのときは何ともなくて、どうして今ごろ、こんなふうになるのだろうか。

私は手持ちのボトムス部門で、このジーンズに依存してきた部分がとても大きかったので、穿けなくなるのはとても困った。しかし背に腹はかえられないので、一切、穿くのをやめたらかゆみが消えてきた。しかし年齢のせいか、赤いぶつぶつはいつまでも残っていて治りが遅い。いくら丈の長いパンツを穿けば見えない部分であっても、やはり元に戻したいので、いったいどうしたものかと考えていたとき、先生にいわれていた言葉を思い出した。

二〇〇八年から薬局にお世話になって以来、先生から勧められたのを守って、私はずっと鶏肉は食べているのだけれど、年齢も上がってきたのだから、鶏肉の半分の量の豚肉も食べるようにといわれていたのを、ころっと忘れていたのだった。夏場はビタミンB_1、B_2を多く含む豚肉を食べるといいと聞くし、久しぶりに晩御飯のおかずに加えようと、緑黄色野菜と炒《いた》めて食べた。翌日、パジャマから部屋着に着替えようとした私は、びっくりした。あの赤いぶつぶつが、まるで肌から消し去ったように、見事に消え失せているではないか。

「私が寝ている間に、どなたか脛のピーリングをしてくださいましたか？」

と聞きたくなるほど、つるつるになっている。あれだけタルカムパウダーをはたいたり、軟膏まで塗ったりしたのに、こんなに一夜にして治るものなのかとびっくりした。よっぽど私の体には、豚肉に含まれている成分が欠乏していたのだろう。

アトピーなども、糖分、水分が体に溜まって悪化するという話を先生から聞いており、夏場は他の季節よりも、水分を多めに摂っていたので、脛に排出しきれない余分な水が溜まっていたのが原因かしらとも考えた。ただジーンズを穿かないとぶつぶつは出なかったわけで、染料や布地の繊維の質等が肌に合わなかった可能性のほうが大かもと、自分なりに結論を出した。

穿くのに躊躇《ちゆうちよ》するようになったジーンズであるが、生前整理に着手しているなか、完全にクロではないけれど疑惑のグレーと判断し、残念だがすべて捨てた。裏起毛の冬バージョンにはそのようなトラブルはないので、何か問題が起きない限り、これからも愛用し続けるつもりだ。

私はあまりにジーンズの穿き心地がよかったので、これまで数人に勧めていた。購入してくれた人は全員、

「あれは穿きやすくてとてもいい」

と絶賛してくれた。それはとても喜ばしく、私もうれしかったのだが、それがこんなことになるとは……。おまけにそのジーンズは販売終了になり、もう買えなくなってしまった。モデルチェンジのせいなのか、何らかのトラブルがあったのかはわからないが、赤いぶつぶつが出る以外は、とてもよかったのに、私とは縁がなかったのだろう。

「こんな調子でぶつぶつは治ったけど、太さは以前に比べても、ほんのちょっとしか変わってないんですよねえ」

苦笑いしながら先生に話したら、

「下半身は何もしてないからねえ」

という。先生からは体の不調が治った後、下半身のリンパマッサージをするかど

うかを聞かれたものの、私は上半身のリンパマッサージのあまりの激痛にめげて、

「結構ですっ」

と全力で拒否したからである。上半身だけのマッサージなのに、体中から水が抜けて体重は落ち、下半身もサイズダウンしたのは事実なのだが、やはり上半身に比べて下半身が太いバランスは以前のままなのだ。しかし激痛がなくなるまでの二年間、百回のマッサージに耐えて耐えて今に至るのである。健康、体調に問題があるのならともかく、ただ下半身を細くしたいだけで、これから二年間、あの激痛に耐える根性は、還暦を過ぎた私にはない。

「ちょっといいですか」

先生が親指一本で、私の外側のくるぶしの、甲側のくぼんだ部分を押した。

「ぎょえー」

椅子から飛び上がるほど、めっちゃくちゃ痛い。

「ほら、ここ、水が溜まっていますよ」

手を離して先生は真顔になった。

「足が重だるくなることはないですか」

「二時間ほど歩くとたまにありますけれど、ふだんの三十分から一時間くらいの散

歩ではそういうことはないです」

「そうですか。歩いた後には、今、水が溜まっていたところをほぐしてくださいね。それと膝の後ろのくぼんだところにもリンパが通っているので、人差し指を曲げた関節のところで、軽くマッサージしてみてください。力をいれなくてもいいですから。そうすると下半身に水が滞っているのも少しはよくなるでしょうし、足の重だるさもなくなってくるので」

私は久しぶりに味わった激痛に衝撃を受け、脱力しながら、

「わかりました。やってみます」

とうなずいた。たしかに私のくるぶしの下の部分に、ぐじゅぐじゅとした、いやな感じの得体の知れないものがあった。きっとそこに体にはよろしくない老廃物が滞っているに違いない。

「あれだけやっても、まだ溜まるのかよ」

呆《あき》れながら家に帰った。

その夜、私は入浴しながらくるぶしの下を親指で押した。以前、冷房で足元が冷えて耳鳴りがしたとき、くるぶしの周辺を揉《も》みほぐして治ったことがあったが、この甲側の少しへこんだ、教えてもらわなければわからない場所を、生まれてこのか

た揉みほぐした記憶がない。はじめてピンポイントでここを揉まれた、くるぶしも驚いたことだろう。そして膝の裏側のへこんだリンパの部分も優しく押した。首筋もそうだったが、自分で押してみると全然痛くないのに、マッサージのプロにやってもらうと、飛び上がるほど痛い。くるぶしの下を押すと、多少、

「いたたたた」

となり、指先に何やら溜まっているのはわかったけれど、先生に押されたときの何十分の一の痛さしかない。効果があるのかないのかはわからないわと首を傾《かし》げつつ、とりあえず夏場に比べて文句も少なくなったネコと一緒に、ベッドに入って寝た。

翌朝、くるぶしも驚いただろうが、私も驚いた。アキレス腱がふだんよりくっきりと浮き出している。厳密にサイズを測ったわけではないけれど、明らかに足首まわりの余分なものが、なくなったのがわかった。ただそれがずっと維持されずに、夜になると重力に負けてむくんでしまうのが問題なのであるが。

それ以来、くるぶしの下のくぼんだ部分をマッサージするのが日課になっている。たしかに朝起きたときに、アキレス腱の見え方は違うのだが、やはり夜まで持続しない。重力の影響で仕方がないのかもしれないが、延々と無駄な努力をしているよ

うな気にもなってくる。千里の道も一歩からと、黙々とマッサージするのも正しいやり方かしらと思う反面、還暦過ぎての千里の道って、いったいどこにたどりつくんだよと、すでに微妙にやる気が薄れている私なのである。

ついお菓子に手を出したら……

不要品の処分の日が決まっているので、仕事をしながらその日に間に合うように、毎日少しずつ、処分する物品を玄関のそばに集めておいた。そこからあらためて、エレベーター前まで運ぼうという目論見《もくろみ》である。仕事に飽きてくると、片づけをはじめる。それにも飽きるとまた仕事をするの繰り返しだった。ほとんどが粗大ゴミ扱いなので、力仕事でもあるし、ふだんそんなことはやり慣れていないので、玄関までさえ運び終わるたびに疲れた。

その結果、連日、お菓子を食べるようになった。到来物の大きな缶に入った煎餅《せんべい》にはまってしまい、それを取り出しては食べていた。甘いまんじゅうを食べるのには罪悪感があるが、しょっぱい煎餅に対する私の罪悪感が薄かったのは事実である。ザラメなどがこってりついているものはともかく、おかきや醤油《しょうゆ》煎餅などは、もちろん砂糖や塩分が含まれているにしても、量に関しては欲望の八分目で自粛していたし、大量に食べなければそれほど体に影響があるとは考えていなかった。

煎餅を食べつつ仕事をし、翌日、水が溜まっていないか、舌をチェックしても問題がなさそうだった。不要品を玄関のそばまで運んで、また煎餅を食べる。缶入りなので大量にある。そしてみかんが入った大きな箱が届いた。隣室の友だちにお裾分けをしても、一人で食べるには相当な量が残った。薬局に通いはじめて、まだ体調が定まらない頃、夜、みかんを食べたら膀胱《ぼうこう》が爆発しそうなくらい尿がたまり、びっくりしたことがあった。今はそのときよりも、体に水が溜まっていないので、そこまでひどくはならないだろうが、やはり膀胱爆発はこわいので、一日一個に自粛しておいた。

煎餅やみかんを食べつつ、日々、片づけを進めていった。中には重い物もあるので、それらを移動させるときは、

「これから持つからね。えいっ」

と体にいい含めて気合いをいれて持ち上げるか、それでは動かせない重いものは、下に新聞紙をかませて、ずりずりと玄関のそばまで引きずっていくようにした。ふだんはこんなに体を使うことがないので、急に酷使した全身の筋肉をほぐそうと、夕方、散歩を兼ねて食材の買い出しに行った。煎餅の間食が日常的になってしまっていたなか、スーパーマーケットで、乳製品、砂糖不使用、乳化剤不使用と書

いてある、ダークチョコレートが目についた。カカオの成分が濃厚なダークチョコレートは、体にいいと聞いたことがあった。成分をチェックすると、有機カカオマス、有機カカオバター、有機ココナッツシュガーとある。血糖値の上昇がゆるやかだといわれている甘みの、ココナッツシュガーは入っていた。それでも砂糖いっぱいのチョコレートよりはいいか、どうせならいちばん濃いのを買ってみようと、有機カカオ九二パーセントのものを買ってきた。

仕事と不要品整理の合間に食べてみると、たしかに甘みよりも苦みのほうが勝っていて、食べた後も甘ったるくならない。大人のチョコレートといった感じである。チョコレートも選べば、食べても問題はないらしいと、喜びながら一日、二かけのダークチョコレートと、煎餅三枚、みかん一個を食べ続けていた。二日に一回は、おまじないのつもりで、「呉茱萸湯《ごしゅゆとう》」も服用していたけれど、ふだんよりも喉が渇いたので、水分を摂《と》る量はやや多めだった。それでも自分では、

「こんなに力仕事をしているのだから」

と思っていたし、夜中に尿意を催して起きることもなかったため、特に気にもしていなかった。そして不要品処分の日がやってきた。

今回は本、衣類には手をつけず、基本的に今まで怠けていた、粗大ゴミに出さな

かったゴミをすべて出すと決めていたのに、室内からエレベーター前に運び出していったら、ものすごい量になってしまった。隣室の友だちも、

「まだまだ、あるわ」

とため息をつきながら、次々と不要品を並べている。そうか、お隣もたくさんあるのかと横目で眺めていたら、その結果、通路に人一人が歩けるくらいのスペースしかなくなり、それ以外にはぎっちり不要品が積んであるという、私たちの想像を超える分量になってしまったのである。

「これ、全部、運べるのかしら」

最初の話では、二トン車で来てくれるという話だったが、素人目で見ても、ちょっとあぶなそうだった。ところが業者さんは何か感じるところがあったのか、最初の予定とは違い、料金は同じでいいからと、三トントラックで来てくれたのである。しかしそのトラックを見ても、私たちは、これが全部載るのかと不安だったが、ぎっちぎちにはなったものの、業者さんの積みのテクニックで不要品は無事に運ばれていったのだった。

「危なかった……」

私たちは顔を見合わせ、あまりの分量を溜め込んでいた自分たちに呆れ果てた。

私は友だちと、

「お疲れさまでした」

とお互いを労《ねぎら》って別れ、家に入って安堵《あんど》のため息をついて、椅子に座った。そしてついパソコンの横に置いてある、ダークチョコレートと煎餅を口にした。

「はああ」

ダークチョコレートの甘苦さと、煎餅のしょっぱさがおいしかった。

ここ数日、ふだんとは違って間食をし続けたあげく、不要品が処分できた翌日、私の顔は見事にむくんでいた。鏡は毎日見ていたけれど、何だか急にそうなったような気がして、

「ぎゃっ」という感覚だった。たしかにケーキやまんじゅうなど、わかりやすい甘い物を食べたわけではないけれど、あれこれ考えたくせに、結果はケーキやまんじゅうを食べたのと同じく、体に水が溜まってしまったのだ。そして頭がぼーっとしてきた。いつもと同じテレビの音声ボリュームだと、少し聞こえづらい感じにもなる。これは体調を崩す前に経験した、とてもまずいパターンである。漢方薬局の先生から甘い物は毎日食べるものではないといわれていたのを、自分に都合よく解釈して、欲望のままに行動したことを、深く反省した。

体調チェックのために薬局に行くと先生は、私のむくみについては特に何もいわず、

「寒くなってきて、これから冷えてくるから、下半身の余分な水分を排出する、『苓姜朮甘湯《りょうきょうじゅつかんとう》』を飲んだほうがいいと思います」

といった。夏の終わりから飲んでいた「五苓散《ごれいさん》」はすでに服用をやめていた。季節ごとに飲む薬も変わるのである。「苓姜朮甘湯」は、「人参湯《にんじんとう》」と同じくずっと飲み続けている「苓桂朮甘湯《りょうけいじゅつかんとう》」と組み合わせて、一週間分をいただいてきた。

翌日から寒くなってきたので、「苓姜朮甘湯」を服用しはじめた。ちょっと風邪気味かもと感じたので、「牛」（霊黄参《れいおうさん》）を一カプセルだけ飲んで、外出を控えて家で仕事をしていた。昼間は「苓桂朮甘湯」を、そして夜はまた「苓姜朮甘湯」を服用して寝た。すると翌朝、ものすごい量の尿が出た。そして風邪のひきはじめの症状は消え、午前中に三回、きっちりした量の水分が出てきた。「苓姜朮甘湯」が効いたのは事実だろうけれど、たまたま体を温める効果のある「牛」も飲んでいたことで、より体が温まり、効果が上がったのだろう。

日々、チェックしているつもりだったのに、じわりじわりと私の体内には水が溜まっていた。「このくらいは平気だろう」という気持ちが、このような大量の尿排

出に至ったのである。結果としては体の外に出てくれたのでよかったのだけれど、やはりこういう状態になるのはよろしくない。その前に自分が気をつければよかったのだ。それからも「苓桂朮甘湯」と「苓姜朮甘湯」を組み合わせて飲んでいたら、二日後には顔のむくみもなくなり、耳の聞こえづらい感じも治っていた。体の下のほうから水が抜けていって、顔面に溜まった水も流れ出てくれたようだった。

有機とつくと、つい体にいいと錯覚してしまうけれど、控えなくてはならないのは同じなのだ。いくらポリフェノールが豊富だからといって、ダークチョコレートはやはりチョコレートなのである。食べても何の問題もない人もいるけれど、私には本当に少量でないと、体の負担になるようだ。脂分があるのも忘れてはいけなかった。以前、先生から、体にいいからと、毎日、ココアを飲んで胃を悪くした人が来たと聞いていたのに、自分も同じことをやらかしてしまった。水分、糖分だけではなく、脂分についても考えなくてはならなかったのだ。

いくら溜まっていた水を出して、体調がよくなったからといって、そのまま好き勝手にしていいというわけではない。

「それをみんな勘違いしているのよね。もちろん食べる楽しみもあるけれど、やはり自分で毎日の食事に気をつけたり、負担になるものを我慢するのも必要だから」

先生はいつもいっている。しかし我慢というのも難しい。甘い物を食べて「呉茱萸湯」を服用すれば、胃が冷えないとわかっていながら、食べた量が多いと、一包だけでは間に合わない。私としてはなるべく漢方薬であっても、薬は飲みたくないので、漢方薬を飲んで丸七年になるけれど、その見極めが難しい。一切、食べなければ問題はないのだが、そうできないところが困る。きっと私は量は調整できるかもしれないが、甘い物を食べない生活は、絶対にできない。

年々、着実に体も歳《とし》を取っているので、水分の排出もスムーズにはいかなくなるだろう。先生からは、微調整するだけで、薬を変えなくていいのは立派とはいっていただいたが、その分、自分で気をつけなくてはならないことが増えてきたような気がする。幸い、昔に比べて食べられる量も減ってきたので、何でもかんでも量が欲しいというわけではないが、今回の不要品の整理とエレベーター前までの運び出しという、自業自得ではあるのだが、疲れる用事があると、つい、

「このくらいいいよね」

と自分に甘えてしまう。これをどうするかが問題なのである。

そこで私が出した結論は、

「自粛しつつ食べる」

であった。理由は何であれ、疲れるときは疲れるのである。疲労感が糖分摂取で回復する件については反対意見もあり、体が勘違いしているだけなのかもしれないけれど、ほっとするのは間違いないのだ。そんなときまで、おやつを拒否できる強い精神力は私にはない。ただむさぼり喰わないように、気をつけることしかできない。私は自分では我慢したつもりだったけれど、それでも食べた量が多かったらしい。そうでなければ、顔のむくみと尿の大排出は起こらない。間食を思いっきりしたわけでもないのに、こうなるのかと、ちょっとびっくりもした。我慢しなかったらどれだけ出たのかと不安になったほどだ。

自分が考えているよりずっと、間食の量は少なくていい。間違いないのは、先生がいった、一週間に一回程度だ。それをきちんと守っているときは、体調がすこぶるいい。しかしふだんとは違う、今回のような肉体労働があったりすると、とたんにその意志は崩れてしまう。いったいどうしたらよいのかと、私は正月用に購入した、有機の角餅と有機つぶあんのパックを横目で見ながら、ため息をついたのだった。

リフォームでわかったお風呂の適温

住んでいるマンションの大規模修繕工事が行われていたため、二か月以上、建物はずっとネットに被《おお》われたままだった。このマンションは平成元年に完成し、私は平成六年に入居したのだけれど、それ以来、ほとんどメンテナンスがされておらず、昨年、先代の大家さんが亡くなられ、私よりもひとまわり若い息子さんご夫婦が跡を継いで、修繕工事が決行されたのだ。

大家さんからは、風呂場のリフォーム、脱衣所とトイレの床などの室内の修繕も提案していただいた。脱衣所、トイレの床は昔のマンションによく使ってあった、クッションフロアで、いくら掃除をしても汚れが取れずに、薄汚れた感じになっていた。また、風呂場は冬になると、入るのがものすごく辛《つら》かった。湯温調節ができるカランかシャワーで、ポリバスに湯を張るタイプだ。湯船に入ってすぐはいいけれど、五分も経《た》つと湯温が下がり、だんだん冷えてくる。追い焚《だ》き機能がないので、差し湯をしても、冬になると湯温が上がらず、

「ここから先は熱いぞ！　注意！」

の湯温調節の赤ポッチを無視して限界までつまみをまわしても、ふつうだったら熱湯風呂クラスのとんでもない熱さになるはずが、ぬるいお湯しか出てこない。浴槽に溜まった湯よりも、シャワーからの湯のほうが多少温度が高いので、最後にそれを浴びて、温めて出るといった具合だったのである。

他所《よそ》に住んでいた今の大家さんが、先代の住居だった同じマンションの一階に引っ越してきて、最初に風呂を使ったとき、あまりの寒さにびっくりしたのが、風呂場リフォームのきっかけだったという。たまたま二階の四室すべてが空室になったときがあり、部屋のクリーニングの際にすべて新しい追い焚きつきのシステムに変わった。しかし友人たちからは無法地帯と呼ばれている、マンション三階の私と友だちが住んでいる二世帯だけは、二十年以上、根っこが生えたかのように住み続けているので、室内を修繕する機会がなかった。そして今回、やるならばまとめてということで、風呂場のリフォームも行われることになったのだ。

同じ室内でドリルなどを使って、風呂場を解体していると、当然騒音が出る。うちの老ネコがびっくりするといけないので、工事がはじまる前日、

「お兄さんたちがお仕事で来るけど、おうちをきれいにしてくれているから、心配

しなくて大丈夫だよ」

とネコに説明した。わかったのかなと思っていたら、外壁修繕のために足場を組んでいるときに、すでに眉間に皺《しわ》が寄り、ベランダに人が入ったとたんに、

「うわあああー」

と鳴きながら、ベッドルームに飛び込んでいった。

「だから、昨日、お話ししたでしょう」

となだめても、むっとしている。ドアの向こうからドリルの音が聞こえると、ベッドルームを飛び出して、

「わああああ」

大声で鳴きながら室内を走り回り、台所で落ち着いたかと思ったら、

「んんっ、んんっ」

と私を呼ぶ。

「どうしたの」

と声をかけると、しっかりと私の目を見ながら、わあわあ鳴いて訴えはじめた。

「お風呂もきれいになるの。あと何日かかかるけど、ちょっと我慢してね」

そんなことをいっても、それはこちらの都合で、風呂にも入らないネコの都合は

無視しているのはわかっている。しかしわがままな女王様体質のうちのネコは、

「わあああ、わあああああ」

と怒りまくり、いわゆる激おこ状態になってしまった。

私もなるべく老ネコの精神状態に刺激を与えたくないので、いちばん騒音から遠い部屋、といっても距離的にはたいしたことはないのだが、ベランダに面した和室に、ネコを抱っこしてつれていき、

「いい子、いい子」

と体を撫《な》でて褒めちぎった。するとちょっと機嫌が直ったようで、ぐるぐると喉を鳴らしていたのだが、突然、ベランダに工事の人が姿を現すと、

「わあああああ」

と叫んで私の腕から飛びだし、ベッドルームの棚の下に逃げ込んで、

「わあああ、わああああ」

といつまでも叫んでいた。ネコの機嫌を取りつつ、騒音と外からのシンナー系の臭いのなかで仕事をしなければならず、私にとっても疲れる日々が続いていた。

風呂場のリフォームは一日では終わらず、四、五日かかる。私は毎日、半身浴をするので、初日は銭湯に行くつもりだったのだが、その日は雨が降ってとても寒い

日だったので、徒歩五、六分の銭湯にも行く気にならず、足湯で済ませてしまった。

風呂場リフォーム着工の翌日、私がいないとネコが不安になるので、その日の工事が終了し、ネコが自分のベッドで寝たのを確認して、夕方に買い物に出かけた。するとと還暦の私よりも十歳くらい年上に見える女性が、路地から出てきた。彼女は肩くらいの長さの洗い髪に幅広のヘアバンドをし、ダウンのハーフコートを着て、銭湯帰りのようだった。下半身を見るとタオル地のミモレ丈のスカートを穿《は》き、足元は裸足にサンダル履きだ。そのスカートに見えたものは前と後ろで柄が違い、二枚のバスタオルを縫い合わせた貫頭衣状態のもので、それを着ているらしい。いくら暖冬とはいえ、一月の夕方に、夏のような洗い髪に素足にサンダルで、風邪をひかないのだろうかと、心配になってしまった。

マンションの前で大家さんに会ったら、

「ご迷惑をおかけして申し訳ありません」

と謝られてしまった。

「いいえ、そんなことはないです。でもシンナー系の臭いはつらいです」

といいつつ風呂場について話をしていると、大家さんは自室のリフォームをしたとき、銭湯に行ったのだそうだ。

「あそこの銭湯、めっちゃくちゃお湯が熱いんですよ。私は一度だけ行ったんですけど、我慢できなかったわ」

それを聞いた私は、銭湯の湯船に入らなくても、体を洗えればいいと思っていたのだが、ネコが夜になるとまるでブローチのように、ぺったりと体に抱きついて離れず、用事があってその場を離れると、

「あーっ、あーっ」

と大声で鳴いて私を呼ぶ。こんな状態で家に置いておくわけにもいかず、どうしようかと悩んだが、翌日に人に会う用事もなかったので、その日も足湯だけで済ませてしまった。

工事の人ががんばってくれたおかげで、風呂場の戸は未完成だが、三日目には浴槽に入れるようになった。銭湯に行くチャンスは逃したけれど、翌日には無事に戸も完成し、真新しいきれいなお風呂にしてもらった。

ところが、新しい風呂に入るようになってから、入浴中、あるいは風呂上がりに体調がいまひとつになったのである。入っている途中で、のぼせた感じがして、早めに出たりもした。あるときは、いつも使っていた入浴剤があり、それを計量カップで量ったものの、多めになってしまったのを、「ま、いいか」と湯に投入した。

そして追い焚き機能を使いながら、湯温を保持しつつ入っていたところ、またのぼせた感じになったので、これはまずいと風呂を出た。パジャマを着てリビングルームの椅子に座っていると、汗は出るし暑くなってくるしで、湯冷め防止のために履いていた靴下や、羽織りものを脱いで涼んでいたら、すぐに直った。

もしかして、これはヒートショックに関係があるのかしらと、調べてみたら、私が入っていた湯の温度が高すぎたようだった。以前は湯温が上がらないので、設定温度を最高の四十九度にしても四十二度程度の湯しか出ず、入るときにはすでに四十度以下に湯温が下がっていたのが、新しい風呂では指定した温度が常に維持されるため、以前よりも、高温の湯に入っていたようだ。

持っている風呂用温度計で、試しに測ってみたら、新しい風呂では、当然だが四十二度の設定は湯温四十二度のままだった。またその夜、多めにいれた入浴剤が水分に触れると発熱する性質があるため、より湯温が上がったらしい。以前の風呂ではこれを使うことによって低くなった湯温が上がり、いい頃合いになっていたのが、今の風呂ではのぼせるほどになってしまった。システムが変わったのだから、最初っから温度計を使えば、こんなことにはならなかったのに、それに思いいたらなかった自分が情けなかった。

血圧の上下変動によるヒートショック予防のためには、湯温は三十八度から四十度までがいいらしい。これまでヒートショックなんて、高齢者だけの他人事《ひとごと》だと考えていたが、気をつけなくてはならない年齢になった。とりあえず入浴剤は適量を守り、設定温度を四十度にして入るようにしたら、それ以来、体調には問題がなくなった。高齢者になると、温度変化に鈍くなると聞いたことがある。銭湯などでみんなが熱くて入れない湯でも、じいさんが、

「若い奴は辛抱が足らん」

と平気な顔で入ったりしているらしいが、入れないのが当たり前で、入れるほうが体のセンサーが鈍っているというわけなのである。私もそれに一歩、近付いているような気がして、気をつけなくてはと肝に銘じた。

そこで思い出したのが、先日、見かけた風呂上がりのあの女性である。銭湯の湯温が高いということだし、内風呂と違って蒸気も上がるだろうから、銭湯では本人が感じている以上の高温になっているのだろう。だから傍《はた》から見たら、大丈夫ですかと聞きたくなるような、冬に洗い髪に素足にサンダルでも、熱を持った体にはちょうどよかったのかもしれない。ダウンのコートから見えているバスタオルを縫い合わせた貫頭衣も、ぎょっとしたけれど、あれも理にかなったスタイルで、銭湯通

いのなかで考え出した彼女の知恵だったのだろう。

感心はしたものの、銭湯と外気とのヒートショックの問題はどうなのだろうかと思った。銭湯の中と外では相当の温度差があるはずだ。体がほてっていたとしても、洗い髪に裸足にサンダルで、ダメージはないのだろうか。彼女を見かけた場所は、うちから銭湯までよりも離れているので、十分以上は歩かなくてはならない。熱い湯の銭湯に入ると体が温められて、それくらいの距離だったら、寒さなど何ともないくらい、体温が維持されるのだろうか。私がやや高めの温度の湯に入ってのぼせてしまい、少し涼んで体調が戻ったのは、二、三分の話である。戻ってからは今度は冷えないように薄手のカーディガンを羽織ったり、靴下を履いたりしたのだ。

近所の銭湯帰りの高齢の女性たちを見ると、彼女のような姿の人はいなかった。どの人もきちんとコートを羽織り、襟《えり》もとにはマフラーをし、靴をちゃんと履いている。ただし私が目撃した高齢者の女性、四、五人のみだが、パンツスタイルの人はおらず、ロングスカートか着物姿だった。湯上がりにパンツやスラックスの類は穿《は》きたくないのかもしれない。

体調は人それぞれで違うし、日によっても違う。今まで何も気にせずに、ただ、ぼーっと入っていた風呂だったが、一度、二度の温度の違いが大事《おおごと》につながる。冬は注意しなくてはと、今回のリフォームによって思い知らされたのだった。

意外な食べ物にひそむ糖質

最近、糖質制限ダイエットをしている人が多いという話をよく聞く。エネルギー源を減らすので、もちろん体重は減るわけだが、その他、頭がクリアになったり、肩凝り等がなくなったりと、体調がよくなるともいわれている。

私はダイエットには関心がなくなったが、今の体重を維持するようにはつとめている。食べ過ぎて体重が一キロ増えたら二、三日は食べるのを減らして、体重を元に戻す程度で、ジムなどには通っていない。体重は漢方で体を温めて、不調の原因だった、体に溜《た》まった水が抜けて、体調が戻ったときのものを基準にしている。BMI指数（体重をメートル換算の身長の二乗で割る）での「普通」の範囲の体重は、男女関係なく、数値が一八・五から二五である。それでいくと私の現在の数値は二〇なので、これでいいと考えている。

たとえば身長が一六〇センチの人の場合、「普通」は四七・三キロから六四キロとなる。いちばん病気に罹りにくい数値といわれているのが二二なので、身長一六

○センチの人は五六キロがベストというわけなのだが、身長一六○センチで五六キロの女性は、そうはいわれても、そのほとんどの人が、痩せなくてはと感じるのではないか。普通の範囲内の体重差が一六キロ以上あるので、最低値と最高値の人にとっては、同じ「普通」でも複雑な思いがありそうだ。

家事、仕事などすべて他にやってくれる人がいて、自分は美容だけを考えていられる人はいいかもしれないが、私はそうではないのでとにかく快適に動けないと困る。痩せたとしても日々の生活に支障が出るのは論外である。特に年齢を重ねると、体力もなくなってくるので、ある程度、食べないと体がもたなくなってきたのだ。

私の場合は朝、昼は御飯を食べ、夜は炭水化物は食べない。どうしても食べたいときは、ふた口までにしている。仕事をする必要があるときに限るが、一週間に一度か二度は、甘い物を食べる。私は昔から基本的に和菓子のほうが好きだし、そのほうがよいと思っていたのだが、書店である本を購入して、愕然《がくぜん》とした。

目をつけていた小説の新刊を買って、他にどんな本が出ているかと、店内を歩いていると、平台に『食品別糖質量ハンドブック』（洋泉社）が積んであった。糖質制限ダイエットがはやっていることもあり、

「ダイエットをしている人は、こういう本を見て、食べられるものをチェックして

いるんだろうな」

と手にとってぱらぱらと見ていたら、市販品の洋菓子・和菓子のページに、ぜんざいが載っていた。その糖質の数値に私は目を奪われた。一回に食べるであろう、ぜんざい二〇〇グラムで糖質が五九・一グラム。それがどんなに多いかというと、チーズケーキ一切れは糖質が一五グラムなのである。甘い物を毎日食べていた昔の私だったら、

「そうか、それだったらぜんざいのかわりに、チーズケーキだったら、楽勝で三個は食べられる」

と喜んだはずだが、今の私は、ただただ驚愕するばかりだった。以前、甘い物のカロリーを調べて、それらの高さにびっくりしたが、新たに糖質の問題が出てきたのだ。

予定になかったこの本も購入し、ページをめくっていると、私がよかれと思って選択していたことが、ことごとく裏目に出ていたのがわかった。糖質に限ってなので、その食品の一部分の情報なのだが、洋菓子よりも和菓子のほうが、ヘルシーだと考えていた私の考え方がうちのめされた。もちろん糖質量が多い洋菓子もあるけれど、外見が地味だから、糖質も少ないだろうと思っていた和菓子が、実はそうで

はなかった。外見がとても地味な女性なのに、実は強烈な肉食女子だったと知ったときのような感覚といってもいい。まさに、
「えっ、まさか」
だったのである。

たとえば同じ和菓子のなかでも、砂糖の塊だろうと私が敬遠していた羊羹《ようかん》ひと切れよりも、みたらし団子一本のほうが、一・五倍も糖質量が多い。目の前に両方を出され、どっちを選ぶかといわれたら、私は間違いなくみたらし団子を手にしていたと思う。また洋菓子ではバウムクーヘンと、ロールケーキが並んでいたら、こちらも私は間違いなく、バウムクーヘンを手にしていた。そしてこちらも、バウムクーヘンのほうが糖質が多かったのだ。なるべくシンプルなほうがいいはずと選んでいたカステラも、チーズケーキの二倍の糖質量だったし、大好きなモンブランはチーズケーキほぼ三個分だが、ぜんざいより少しだけ糖質が少なかった。

桃、栗、柿、はっさくなども糖質が多く、かぼちゃ、レンコンなども、糖質の少ない野菜のなかでは多い。全般的にいって、私が好きで選んでいた食べ物のほとんどは、糖質が多いものばかりだった。自分で甘い物に気をつけているつもりでも、実際はその逆だったのだ。

驚愕した私は、漢方薬局の先生のところにその本を持っていき、

「こんなことが……」

と本を見せた。先生はページを開いて、

「ぎゃっ」

と叫んだ。

「何これ、みたらし団子、餡《あん》団子。あらー、大福。びっくり。侮れないわねえ」

と目を見開き、

「じゃあ、おやつには何を食べたらいいのかしら。ああ、そうか。ゼリーやプリンは糖質が少ないのね」

とつぶやいていた。

「知らないということは、恐ろしいことでした」

私がぼそっというと、

「本当ねえ」

と先生もうなずいた。世の中のすべての羊羹、ケーキ、団子が、この本とまったく同じ糖質量ではないだろうが、糖質を多く含む食品の傾向がよくわかって、私は、へええの連続だった。

私がこれまで選択してきたことは、考えてみれば何の根拠もなかった。ただ生クリームが入っていないとか、食材がシンプルだからという、自分の勝手な思い込みだけである。その結果、選択に失敗していた、自分のとんちんかんぶりには呆《あき》れてしまった。私は調理に砂糖やみりんは使わないので、その分、通常よりは糖質は少なくなっているはずなのだが、何も考えずに糖質の多い物ばかりを食べていたら何もならない。お酒を飲む先生は、酒類のページをじっと見て、

「焼酎はゼロなのね。よかった。それがだめだったら、本当に辛《つら》いわ」

とほっとしていた。

持病がある人は主治医と相談して、このような本を参考にして、毎日の食事に役立てる必要があるだろう。しかし幸いにもその必要がない私は、御飯を二食、きっちりと食べたら、野菜以外の糖質は余分の楽しみでしかない。が、本の食品の糖質量のリストを見ていると、きちんと御飯を食べていたら、甘い物は一週間に一度でも多いのではないかという気がしてきた。ひと月に一度か二度、外食をしたとき、供されたデザートを食べるくらいでちょうどいいのではないかと、考えさせられた。ごくたまにであれば体にも負担なく、ぜんざいもみたらし団子も食べられる。運動量が多い人は、糖質の多いバナナを食べても問題ないわけだし、糖質の多い食品

であっても、他の優れた栄養を持っているものもあるので、個人個人の生活のなかで、何を選ぶかを考えるべきなのだろう。

「あー、びっくりした」

と先生といい合いながら、リンパマッサージを受けていると、いつになく左肩がものすごく痛い。

「どうしたんですか、ここ。こんなにかちかちになって。最近、こんなことなかったのに」

左側の首と肩とのつなぎ目のところが、ものすごく痛い。あのリンパマッサージの絶叫の日々が蘇《よみがえ》った。二年間、百回の痛みに耐えたあげく、やっとのことで痛みから解放されたのに、また激痛が戻ってきやがった。

「何をしたんですか」

「ええーと、ぎえーっ、うー、あたたたたあ、えーと、うーん」

ここ一週間、こんなに肩が痛くなるくらいに、何をしたかと必死に思い出してみた。原因をつきとめないと私も納得できない。あれこれ考えたあげく、ひとつ思い当たった。

「あのう、編み物をしました」

「あら、またはじめてしまったんですね」

先生は苦笑した。

ここ何年かは、結膜下出血の「惨劇」も起こらず、好きな編み物も少しずつ復活させていた。様子を見ながら編んでいても、特別、目には問題が起こらず、その週は仕事も詰まっていなかったので、日中も夜もカーディガンをせっせと編んでいた。思いの外はかどり、身頃は襟ぐりの減らし目を残すのみというところまでたどりついたのだが、その結果がこの断末魔の叫びアゲインである。

「ほどほどにしないとね。でももうゆるんできたので大丈夫」

痛みは消えたものの、がっくりきた。編み物をしても、目や両腕は何ともなかったのに、こんなところが固くなっているとは想像もしていなかった。

私は食器を洗うとき、掃除をするときなど、無意識に無駄な力をいれてしまう癖があるのには気がついていた。編み物をする人でも、肩が凝るという人、まったく凝らないという人がいる。私の場合は棒針編みのときに、左手の人差し指に糸をかけて編むので、それが左肩の凝りに影響しているのだろうか。もっと楽に編める方法もあるかもしれないので、少し研究が必要だ。残念だが編み物は中断して、様子を見ることにした。

翌週、もしかして、また痛かったらどうしようとびびっていたが、どこも痛くなかった。ちょっと体に負担をかけると、すぐに不具合が起こる我が身が恨めしい。

「そのほうがいいって、何度もいったじゃないですか。すぐに対処できるから」

そう先生はいうけれど、どうしても趣味の楽しいほうに関心が向かってしまうので、あともう少しと、のめりこんでしまう。しかし久しぶりのあの激痛には閉口した。歳《とし》を取った分、忍耐力が衰えたのか、前よりも余計に痛いような気がする。

「前は痛くなくなるまで、二年かかったじゃないですか。でも今は何分かで痛くなくなるんだから」

先生は慰めてくれたが、できればいつも痛くないほうがいい。

「仕事でも手を使うのだから、三十分に一度くらいは、手をとめて両手首、両腕を振ってくださいね。両肩を上げて、すとんと落とすのもいいですよ。それでほぐれることもあるから。とにかく何でも溜めないことです」

「はい、わかりました」

私はする必要もないのに、その場で手をぶらぶらさせながら答えた。

これからは神経質すぎない程度に、カロリーだけではなく糖質量も考えなくてはならなくなった。知ってしまった以上、その数値が頭にちらついて仕方がない。そして楽しみを復活させたとたんの激痛。自分の快楽を制限しつつ生きていくのは、何と辛いことかと、もの悲しくなった春の日であった。

激痛のリンパマッサージ

これまで夏の家での格好は、Tシャツに薄手のチノパンツだったが、漢方薬局の先生に、

「体が熱を作れるようになってきたから、気にしなくても大丈夫よ」

といわれたので、目の詰んでいるチノパンツをやめて、薄手木綿のふくらはぎより少し下の丈のワイドパンツにしてみたら、この上もなく涼しい。三十五度を超えたときは、靴下もやめにしたら、それでも何の問題もなかった。ただし上半身の場合は、なるべく下着が省け、かつ透けないものという条件にあたるものが、手持ちの衣類ではTシャツしかないので、そのままずっと着続けている。とにかく風を通し、湿気をためないのがいちばん大事とわかった。薬局に行く際も、丈の長いパンツは穿《は》くけれど、これまでのように普通丈の靴下ではなく、スニーカーソックスにしてスニーカーを履くと、それだけでも涼しくて快適だった。

つい先日、いつもと同じように、スニーカーソックスに新品のスニーカーを履い

て家を出た。ところが無事に電車に乗り、薬局の最寄り駅から歩いているうちに、右足がだんだん痛くなってきた。見ると右足に靴擦れができている。私は絆創膏《ばんそうこう》を持っておらず、周囲にコンビニもない。薬局の近くにいけば、ドラッグストアがあるので、そこまで我慢しようと、なるべく足を前方につっこんで、かかとが靴に触れないように歩こうとしたものの、そううまくはいかず、

（痛いなあ、何でこんなことになっちゃったんだろ）

といやな気分になった。インターネットで見た記憶がある、履き下ろしの靴を履くときには、かかとにワセリンを塗っておくと、靴擦れ予防になるという話題を思い出し、うちの薬箱にはワセリンが入っているので、

（やっときゃよかった）

と深く後悔した。とにかくかかとが靴と擦れないように、かつなるべく早く、ドラッグストアに行き着けるようにと、妙な早足になりながら、やっとの思いで店で靴擦れ用の絆創膏を買い、漢方薬局に向かった。

中に入ってすぐ、

「靴擦れしちゃったので、すみません」

と絆創膏をかかとに貼《は》らせてもらおうとすると、先生が、

「靴擦れ？　どうしたの、大丈夫？」

と心配してくれた。

「そうなんですよ。右足がひどいんですけど、左足も少し……」

先生の表情は曇り、

「えっ、両足。それはむくんでいる証拠ですね」

と静かにいった。

「えっ、そうなんですか」

「むくんでるとね、靴擦れが起こるんですよ。今日は足のリンパを流さないとだめだわ」

私は一気に暗くなった。以前、くるぶしの周辺を先生に押されて、あまりの痛さに、くるぶしも私もびっくり仰天したという話を書いた。それ以来、私はお風呂に入ったとき、ほぼ毎日（たまに忘れる）、くるぶし周辺と膝の裏を押し、足の付け根にかけてマッサージしていたのである。たしかに暑い日が続いて、ふだんよりも水分を摂《と》る量が多めになり、歩くと足が少し重くなったのは感じていた。

「はい、ここに足を乗せて」

先生はタオルを自分の膝の上に置き、私の左足をその上に乗せて、まずくるぶし周辺をマッサージしはじめた。

「ほら、ここにこんなに溜まってる」

「ぎえーっ」

あの悶絶する激痛が再び私を襲った。私がほぼ毎日やっていたことは、いったい何だったのだろうか。先生は左手でぐりぐりとくるぶし周辺を攻撃しながら、右手で私の膝裏に手を伸ばしてぎゅっと摑《つか》むと、

「こんなに膝裏が出てる。これはだめですよ。よくお年寄りでここがぽこっと出ている人がいるでしょう。そうなると膝の可動域が狭くなって、歩くのに支障が起きるんですよ。くるぶし周辺にもむくみが起きると、こちらも可動域が狭くなるので、足が上がらなくてつまずいたり、転んだりするのね。だからこれはちゃんと流しておかないと」

ぐいぐいやられて、私は何もいえず、ただ、

「あーいたたたた、あーいたたた」

とわめくだけである。

私は膝裏が出ているのはわかっていた。しかしむくんでいるとは思わず、加齢によるもので、歩き方が何となくぺたぺたした感じになったのも、筋力が衰えたから

かなとそれくらいにしか考えていなかった。つまずいたり転んだりすることもないし、歩行が困難になったりもしないので、

「まあ、こんなものか」

と放置していた。それをくるぶしの一件があって、そうかそれでは自分でやらなければと、風呂に入ると揉《も》んでいたのに、結局、また悶絶するはめになった。

「痛いよね。私も先週、リンパマッサージの先生のところで講習を受けたとき、『あなた、溜まっているみたいだから、やってあげる』って、先生がマッサージしてくれたのよ。痛いのよねー、ここは」

私にとっては首も肩も背中も、どこもかしこも痛い。

「親指から順番に触っていって、それで悪いところを判断したりするけれどね」

足の親指から小指まで、順番にマッサージされてもどこもまったく痛くない。ところがくるぶし周辺は、そこから少ししか離れていないのに、地獄のような苦しみなのである。

「うーん、膝裏のぽっこりはだめだな」

先生はそうつぶやいて、膝裏攻撃をはじめた。先生が私の体をよくしようとして下さっているのは十分にわかっているのだが、あまりの痛さに攻撃されているとし

か、思えなかった。

「ほら、ここにぐりぐりが……」

私の首にあったものが、膝裏に潜んでいた。ぐじゅぐじゅとした気持ちの悪いものがまぎれもなくそこにあった。

「これをつぶさないとねっ」

私は「ぎええ」と「ぐおお」の連発だった。風呂場でくるぶし周辺や膝裏を揉んだりしていたのに、そんなものでは追いつかないくらい、溜まっていたらしい。しかし漢方薬とリンパマッサージで体重が減り、下半身もそれなりに細くなったのに、まだむくんでいる。

「夏場で、気温差がある日が続くと、こうなりやすいんですよね。誰でもむくみやすくなるんですよ」

そうはいわれても、そのマッサージの痛さは何とかならないのかと、泣きたくなってきた。

「ちょっと失礼」

先生は手を伸ばして、足の付け根を探り、

「生理痛のひどい人は、ここが凝り固まってひどいんですけどね」

私は痛くなった経験が一度もなかったので、大丈夫だろうと高を括《くく》っていたら、

「あっ、一個あった」

と先生は小さなぐりぐりを揉みほぐし、それはすぐに消え去ってくれた。

「うん、ここは問題ないですね」

あれだけ痛い思いをしたのに、まだ問題があったら困るのだ。

右足は左足以上に痛かった。痛いのを我慢しないで、口に出していうようにといわれていたので、

「痛い、いたたたた」

といくらいっても、当然ながら痛みは消え去らない。それどころか左足よりも、膝裏ぽっこりがひどい状態だったらしく、

「あらー、これは何とかしなくては」

と先生は一生懸命に、膝裏に指をつっこんで、溜まっているものを押しつぶそうとしてくれるのだが、まあこれが痛いのなんの。私はこれまでリンパマッサージを受けて、こんな態度に出たことはないが、思わず先生の手を払いのけてしまった。先生を蹴らないように我慢するので精一杯だった。首や背中をマッサージしてもらっているときは、先生の姿が見えないので、ただ痛みと闘うしかないのだが、足の

場合は施術している人の姿が見えるので、闘う相手が気分的に、痛みとマッサージをしている人になってきたのだ。

「高齢者で歩くのが辛《つら》くなったっていう人は、膝裏に余分な水分が溜まってぽっこりしている場合が多いのよ。ものすごく痛いんだけど、ここがふくれないようにしておくと、足が動くようになるの」

先生のお母様が入院なさっていて、最初はベッドに寝た状態が続き、退院しても歩行は困難かもしれないといわれたけれど、先生がマッサージを続けていたら、歩けるようになったという。

「もちろん、ものすごく痛いって、泣いてましたけどね」

それは痛かっただろうと、お母様に心から同情申し上げた。

その日はそれで終わった。

「くるぶしと膝裏は、自分で毎日やったほうがいいですね。くるぶしがはっきり出て、脛《すね》の骨の形が見えるのが本当なんですよ」

家にはマッサージオイルもあるし、先日もデトックス効果があるというオイルも購入したばかりなのだ。寒くなったらやるつもりだったけれど、実は即行でやらなければいけない状態らしい。私のくるぶしは両足とも片方は出ているけれど、もう片方は微妙な感じで形が判然としない。脛の骨も形が見えないなんて、もともと大根足だから当たり前だと思っていたのだ。

私は「靴擦れしちゃった」なんて、いわなきゃよかったと後悔した。その何も考えずにいったひとことが、あの思い出すのもおぞましい、涙がにじみ悶絶する痛みを味わう結果になるとは。

「余分な水は出たはずなのになぜ？」

そうつぶやいてみたが、夏場に水分やら果物を摂り、甘い物も食べたのは事実なので、それが膝裏ぽっこりが大きくなる要因になったのかもしれない。それがわかっただけでもよかったではないか、これから気をつけようと前向きに考えるしかなかった。

帰り道、六十年以上、あんなに揉まれたことがない膝裏がびっくり仰天したらしく、歩くのは問題ないのだが、つっぱったような感じがして、足が伸ばせなかった。それでも買い物をして家に帰り、膝裏がどうなっているかと見てみたら、赤と紫のだんだら状態になって、惨劇の様相を呈していた。明らかに水が溜まっていたのがわかる状態だった。触るととても痛くて、椅子に座って左足を上げようとしても上がらない。足の付け根もぐりぐりされて、よろしくないものをつぶしたので、股関節もびっくり仰天して、どうやっていいやらわからなくなったらしい。

　とにかく六十年以上、溜まったものに刺激を与えてしまったので、よからぬものが流れようとしても、リンパ管内で渋滞して流れないのではと、それ以来、入浴時にくるぶし、膝裏、とリンパマッサージをするようにしていたら、二日で痛みもなくなって普通に歩けるようになり、赤と紫の膝裏の惨劇の状態も治った。足の重だるさも解消されて軽くなったし、ぺたぺたした感じの歩き方も少し改善されたような気がする。膝裏のぽっこりも小さくなってきたけれど、まだある。次の週、もし先生に足のマッサージをといわれたら、断固お断りするつもりでいたが、何もいわれなかった。ほっとした。これからは地道に自分でマッサージをしなくてはならない。ぽっこりがなくなるためには、プロにしてもらう何倍も時間がかかるかもしれないけれど、あの痛みを味わうよりはましと、足を揉みほぐす日々なのである。

膝裏ぽっこり撃退法

前回、書いた、靴擦れによって判明した、私の足のむくみの話の続きである。いきさつを短く説明すると、夏にスニーカーを履いて出かけたら、スニーカーソックスを履いていたのに、ひどい靴擦れができた。そういったソックスは丈が短く、それに覆われていないかかとの上部の皮膚が、スニーカーの縫い目に当たって、靴擦れができてしまったのだ。

それを見た漢方薬局の先生に、靴擦れができるのは体に余分な水が溜《た》まっている証拠と指摘された。私は体に滞っていた水を、漢方薬とリンパマッサージで排出した結果、脚も以前に比べて細くなった。水分の摂取量も調節し、それで余分な水は全部出て、体の水分量については問題なしと安心していたのに、思わぬところに水が潜んでいた。それが膝の裏側のぽっこりだったのである。そのときも書いたように、私は自分の膝裏が膨らんでいるのはわかっていたが、これは老化によるただの肉のたるみと考えていた。ところがそれが違ったのだ。

水を排出するためのプロのマッサージを受けると、また激痛に耐えなくてはならないので、それはきっぱりと拒否し、

「自分でやります！」

と宣言した。そしてそれから毎日、私は膝裏のぽっこりをなくすために、夜、風呂に入りながらマッサージを続けていた。最初の頃はトイレの回数も、体から出る水分の量も明らかに多くなり、

「やっぱり水が溜まっていたのか」

と愕然《がくぜん》とした。

そこで気になったのが、他の人の膝裏である。最近はスカートよりもパンツスタイルの女性が多いし、膝裏が見えるようなスカートを穿《は》いている人は、若くかつ脚に自信がある人なので、もちろん膝裏のぽっこりはない。高齢者にはほとんどもれなくある。そして寒くなるにつれて、脚を覆う服装が多くなってくると、余計、膝裏チェックをするのが難しくなってきた。

十二月の下旬、昼過ぎに最寄り駅のホームで電車を待っていると、近くの高校に通っている学生たちが、ぞろぞろとホームに入ってきた。

「そうか、学生さんは期末試験なのか」

と思った私の目にとびこんできたのは、膝を丸出しにしている、女子高校生の集団である。彼女たちは制服なので、全員、寒風吹きすさぶなかでも、膝上丈のスカートを穿いている。おまけにタイツは穿いておらず、指定のハイソックス姿なので、背後にまわると膝裏が丸見えだ。私はえへへと笑いながら、彼女たちの膝裏を片っ端からチェックしていった。ホームの女子高校生も、おばちゃんがうれしそうな顔をして、自分たちの膝裏をチェックしているとは想像もしていなかっただろう。

どれだけの数、ぽっこりちゃんがいるか調べてやろうと、楽しみに彼女たちの後ろ姿に目を走らせていたのだが、痩せ形、中肉中背の女子には、ぽっこりちゃんは皆無だった。

(そうか、いないのか)

少しがっかりしていると、あはははと大きな笑い声をあげながら、ぽっちゃり三人組がやってきた。失礼ながらもしかしたら彼女たちだったら、膝裏にぽっこりがあるかもしれないと期待して、私の前を通り過ぎた三人の後ろ姿を見てみたら、脚はそれなりに太くてしっかりしているのに、ぽっこりがない。

(えっ)

驚いていると、次々にぽっちゃりタイプの子たちがやってきて、私の前に立って話し込んでいたが、その五人の女子も体格はいいのに、ぽっこりがある子は一人もいなかった。

（太っているとか痩せているとかは関係ないのね）

つまり若い人には、基本的にぽっこりちゃんはいないのである。おばちゃん、おばあちゃんの膝裏には、ほぼ一〇〇パーセント、当たり前のようにあったので、自分もそうなるのは当然と思っていたが、代謝が衰える年齢になるとぽっこりが現れるのは間違いなさそうだった。

その夜、風呂上がりにテレビを点《つ》けたら、画面にトレーニングウエアっぽい、ハーフパンツを穿いた二人の女性タレントが出ていた。一人は三十代半ば、もう一人は私よりも三、四歳歳上の、私が若い頃から活躍している女性である。白衣を着た女性の先生が彼女たちに後ろを向かせた。私が、

「あ、膝裏が！」

と画面に近づくと、ちょうど膝裏のツボについて話をしているところだった。さて二人のタレントの膝裏はどうかとじっと見てみると、二人ともぽっこりしていなかった。三十代半ばの人のほうは若いからと納得できるが、私よりも歳上の彼女がまったくぽっこりがないのには、

「ああ、年齢が上でも、こういう人がいるのだ」

と感心した。

彼女は若い頃はダンサーとして有名で、ずっと脚を鍛えてきたから、還暦を過ぎても脚は細いけれどもちゃんと筋肉がついているのだろう。ちゃんと鍛えて動かしていれば、おばちゃんでもぽっこりはできない。つまりぽっこりができるということは、その部分を動かさずに怠けさせているから水が溜まり、そうなると脚がだるくなるから余計動きたくなくなって、水が排出されにくくなる悪循環なのもよくわかった。ぽっこりは、おばちゃん、おばあちゃんといっても誰にでもあるわけではなく、それをなくすには、自分の努力しかないのである。

毎日、くるぶしまわり、足の甲、膝裏のマッサージを続けていると、

「こんなことで、ぽっこりはなくなるのだろうか」

と不安に感じるが地道に続けていた。最初の頃、トイレに行ったときにどっと水分が出た他は何の変化もなかったが、四か月以上経《た》って膝裏を見てみると、ぽっこりが小さくなってきた。漢方の先生は、マッサージは一週間に一度、プロにやってもらうより、できる範囲でいいから、毎日、少しずつ自分でやったほうがいいとはいっていたが、やはりそのようだ。

「みんな膝裏まで水が溜まってるなんて、気にしないからね」

先生は笑っていたが、私も靴擦れしなかったら、膝裏のぽっこりなんて気にもしなかった。膝上丈のスカートを穿くわけではないが、膝の可動域が狭くなるのは困るし、歩くという点では、これからは腰と同様に膝もより大切になってくる。

薬局の患者さんでも高齢になると、まず膝が痛い、歩けないという訴えが多くなるという。先生はそれに合った調剤と共に、体重オーバーの場合は減量をすすめ、水分量を見直すようにと指導するのだが、

「その膝が悪くなる原因なのだけれど、この間、妙なことっていうか、不思議なことを聞いたのよね」

と先生はいった。彼女は漢方を仕事にしつつも、

「本にはこう書いてあるんだけれど、これの根拠って何なのかしら」

と客観的に物を見る方で、変にオカルト的なところがないので、こちらもとてもつきあいやすい。しかし人の体をパーツではなく全体として見るとなると、どうしても天候、宇宙、目に見えないものを治療に加味していく必要があり、それがまた面白い部分でもある。

あるとき突然、膝に違和感を感じて歩けなくなったと女性がやってきた。先生は

今までの経験から、調剤して薬を服用してもらい、状態は少しよくなったのだが、前のようには歩けない。いったいどうしたらいいかと、先生の師である大先生が主催する研究会の場で、その先生に相談したら、

「膝の痛みはね、悲しみが溜まった痛みだっていわれているわよ」

といわれた。それはいったい何かとたずねたら、その人が生まれてから今まで、表に出せずにぐっと堪《こら》え続けていた強い悲しみがあると、それが後年、膝の痛みになって出てくると教えられたというのだ。先生は、

「はあ、そうですか」

とうなずいたものの、そのときはそれって本当かと疑っていたそうだ。しかし患者さんの状態をよくしなくてはならないので、試しに膝の直接的な痛みとは関係がない、精神的な悲しみに効果がある調剤をして服用してもらったら、足の不具合が嘘《うそ》のように治ってしまったのだといっていた。

「私もびっくりしたの。まさか膝の痛みと精神的なものがつながっているなんて思わないでしょう。でも大先生は自分が教わった先生から、そう教えてもらっていたみたい」

私も「へええ」と驚きながら話を聞いていた。

その女性の患者は、今は幸せに暮らしているが、結婚後、幼児と赤ん坊の二人の子を残して夫が急死した。夫が裕福な家の長男だったため未亡人の彼女が家に残ると目障りだったのか、弟や血縁のないその妻たちまでが結託して、彼女を追い出しにかかった。そして結局、彼女は婚家を追い出されて実家に戻った。私は何度か彼女とお話ししたことがあるが、私より一歳下とは思えないほど若くてきれいで明るくて、とても感じのいい方なのである。

「そういう人でも、表に出せないいろいろな悲しみや辛さがあったんですねえ」

「私たちが見ている人っていうのは、ほんの一面だけだからね。私は体調が悪い原因をつきとめなくちゃならないから、プライベートにもつっこんだ質問をしなくちゃならないけれど、そういう事実を知っていても、それが膝の痛みとつながっているなんて、想像もしていなかったわ」

それから先生は、膝が痛いと訴えてきた人には、通常の指導、調剤をしても状態が好転しない人に対しては、「精神的な悲しみ」に効果のある薬を出すと治るという。高齢者は戦争体験者も多く、ふつうに生活しているようでも、身内や友人などを失った悲しみがずっと消えない人も多いのかもしれない。

「治るのはうれしいんだけど、私もはっきりとした理由がわからないから。どこがどうつながっているのかしら」

先生は首を傾《かし》げていた。

「でも私が甘い物を食べたときに飲む『呉茱萸湯《ごしゅゆとう》』も、本来は頭痛薬ですよね。そういったことと同じなんじゃないですか」

「でもそれは経絡でわかるでしょう。でも悲しみの記憶と膝っていうのはねえ。記憶は脳に関係しているから、まあそれは体のすべてにつながっているわけで、そう考えたらおかしくはないいんだけど」

「肘やかかとじゃなくて、なぜ膝なんでしょうね」

「うーん、これから同じ原因で膝が痛む人が増えるかもしれない」

人の体は本当に不思議だ。私も最初は悲しみの記憶が何十年も経って、膝に出る話が信じられなかったが、現実に薬を服用して治った人が何人もいるのだから、納得せざるをえない。

「どうして溜まった悲しみが膝にねえ」

先生と私は顔を見合わせてまた首を傾げた。

私には膝の痛みはないけれど膝裏には問題がある。ぽっこりについては、蓄積した悲しみなどというデリケートな心情は関係なく、ただの運動不足と代謝が落ちたのが原因だろう。とりあえず私は日々、地道にマッサージをして、ぽっこりの跡形もないくらいに、水を出すべく努力するのみなのである。

欠かさない歯科検診

健康診断は受けていないが、レントゲン撮影はなしの歯科検診にはまじめに通っている。私の方針として、日常生活で食事などに気をつけ、それでも体調を崩して入院しなくてはならない状態になったら寿命と認め、過度な治療は受けないことにしていた。しかし歯だけは寝ていても治らないので、こちらは専門医に頼るしかない。

同年輩の人と歯の話をしたことはないので、平均的に自分の歯の状態がどうかはわからないが、六十代で自分の歯がほとんどない人がいると聞くと、親知らず以外は揃《そろ》っているし、幸いこれまで知覚過敏、歯周病、歯槽膿漏などにも縁がない。歯は代々の遺伝的な要素もあり、虫歯が多い人もそうでない人もいる。私の八十七歳の母は、軽度の認知症ではあるがすべて自分の歯なので、歯に関しては丈夫な質《たち》なようだ。といっても私は虫歯にもなったし、それに対しては治療をしてもらっているので、母の年齢になってもすべて自分の歯でいられるかどうかはわからない。

四十代の頃にお世話になっていた歯科医の先生はとても腕がよく、私はそこで親知らずを抜いたのだが、いつ抜かれたのかわからないほどだった。それで先生の腕を信用して、今から四十年以上前に治療した奥歯のかぶせ物をセラミックに替えた。つまり二十年ごとに歯科医院に通っていることになるが、今になって検診のために、もっとこまめに通えばよかったと後悔している。このとき私ははじめてデンタルフロスという物を知った。フロスの使い方、歯の磨き方を丁寧に教えていただいて、先生も歯科検診の話をしていたが、特に問題が起きなかったので治療が済んだ後は足が遠のいてしまった。

デンタルフロスを使うと、口の中の感じがまったく違った。今は子供でも使っているが、私が子供のときに歯科医院に行っても、そんな指導などされなかった。もしかしたら昭和三十年代にはまだ日本に導入されていなかったのかもしれない。それどころか子供が来ると、飴《あめ》をくれる先生までいたようで、

「甘い物は食べすぎないように」

というのに、子供心に、

「これは、いいのか」

と不思議に思った覚えがある。

そんな状況なので、毎年、学校で行われる歯科検診はともかく、それ以外に自発的に歯科検診を受ける習慣があったかどうかもわからない。同じクラスの子供たちのうち、定期的に歯科医院でチェックしている子はいなかったと思う。うちの場合は、虫歯で歯が痛くなると、まず「今治水《こんじすい》」という薬を付けさせられた。水薬でそれを綿に浸して痛む歯に塗るのである。すーっとしてきて痛みが治まると、虫歯の痛みはないことになり、次に痛んだら仕方なく歯科医院に行くという段階を踏んでいた。今から思えば、最初に痛くなったときに、さっさと歯科医院に行けばよかったのに、親の懐具合もあり、いろいろ考えがあったのだろう。虫歯に正露丸を詰めたという話も聞いたことがある。

歯科医院での治療で痛いのは当たり前。ちゃんと食事の後に歯を磨いていれば、虫歯になるはずなどないのだから、歯科医院に来るということは、それをきちんとできなかったという証《あか》しでもある。なのでいわれたことを守れなかった子供の私には、先生は痛みで自分たちに罰を与えているような気がしていた。そんな場所に誰が好きこのんで行くだろうか。なるべくなら避けようと、多くの人はすぐに歯科医院には行かず、今治水に頼っていたのだ。正露丸が今も売られているのは知っているが、調べてみたら今治水もちゃんと売られていて、一八九八（明治三十一）年の発売以来、ロングセラーになっているとのことだった。

しかし一時的に痛みはなくなっても、根本的に虫歯が治ったわけではないから、また痛くなる。観念して歯科医院に行くと、治すためにまた痛い思いをする。とにかく何でもかんでも痛い。痛くない治療など皆無なのである。おまけに歯をちゃんと磨かなかったことを、くどくどと叱《しか》られる。絶対に行きたくないと思っているのに、歯科医院はどうしても行かなければならない場所だったのだ。

子供だけが虫歯になるわけではないので、大人も歯科医院に通う。きっと同じようなことをいわれたらプライドが傷つくし、痛い思いもしていい印象を持っていなかっただろう。当時、住んでいた近くの歯科医院は、奥さんが洋画家ということもあったのか、とてもモダンな建物で、腕がいいと評判だった。私より二歳歳上の小学生の娘さんは、私立のミッションスクールに通っていた。しかし治療費が高く、どうしたものかと母と近所のおばさんが話をしていたのを覚えている。

そこからまた歩いて十分ほどの駅の反対側に、治療費の安い古くからの歯科医院があったが、そこの先生は老齢でふだんから手が震えていた。そんな状態で治療をするから、患者は命がけだと大人たちは苦笑しながら話していた。隣のおばさんは「虫歯じゃない歯を削られた」といった。先生は狙いを定めているつもりでも、ドリルの振動と自分の手の震えの相乗効果（？）で目標が定まらず、つい隣の歯を削ってしまったらしい。

裏に住んでいるおじさんは、先生の体調が悪かったのか、歯を削るドリルを持った手が、ぶるぶると大きく震えていて、歯を削る前にほっぺたに穴を開けられそうになり、先生の手を振り払って、

「そんなに手が震えているんじゃ怖いから、今日は帰ります」

と宣言して帰ってきたのだという。しかし歯の痛みが消えるわけではなく、腕はいいが治療費の高額な歯科医院に行くか、どっちにしても痛いと苦笑していた。うちの近所ではこのような歯科医院事情があったので、結局、不満があってもその腕のいい歯科医院に行くか、今治水を塗り続けて限界まで耐え続けるしかなかった。

その腕のいい歯科医院の入口横に駐《と》めてある車が、国産車からフランスの車へと、次々にグレードアップしていくのを見て近所の人々は、「あくどく儲《もう》けている」と陰口をいっていた。歯を治してもらって、悪口をいうのはよくないことではあるが、通院した人は、その歯科医に不満を持っていたのだろう。

また、信じられないが当時は、「金歯の人はお金持ち」という認識があり、羽振りのいいおじさんたちや彼らの奥さんはみな金歯にしていた。それを見て、

子供の私にはその金歯は素敵で「あーら、奥さん、金歯が素敵」
と褒める近所のおばさんの言葉もよく耳にした。子供の私にはその金歯は素敵で
も何でもなく、ただの奇妙なものでしかなかった。
はっきりいって当時はみんな、歯科医院が嫌いだった。なぜなら「痛いから」で
ある。私は社会人になってからの歯科医には恵まれているとは思うが、一度だけ、
OLのときにひどい歯科医に遭遇した。年配の女医で、当時勤めていた会社が入っ
ていた、ビルの管理人の奥さんが紹介してくれたので、そこに行ってみたら、ひど
かったのだ。
治療のときにやたらと鼻息が荒く、マスクをしていても息が私の口の中に入って
きそうだった。歯を削る前に、
「痛かったら手を挙げてください」
といわれたので、途中、痛くなってきたので手を挙げたら、
「はーい、痛いのねー、そのまま我慢して」
といわれ、私は手を挙げたまま、診察用の椅子の上でぶるぶると痙攣《けいれん》するはめに
なった。かぶせ物の具合もずっと悪くて、これはちゃんとした先生に診《み》てもらわな
くてはと、あれこれ聞いたあげく、知り合いが通っていた歯科医院を紹介してくれ

たのだった。

四十代の頃にお世話になった先生は、私のその歯を見て、

「これはどうしたんでしょうね？」

と首を傾《かし》げていた。同業者のことを悪くはいわなかったけれど、素人が見ても、

「何か変だ」

と感じていたのだから、プロが見たら、

「何だ、こりゃ」

だったのではないだろうか。神経を取った後の処置もきちんとなされていなかったそうで、先生はあらためて処置してくれた。私はこの病院ではじめて、つまり生まれて四十年経《た》ってやっと、

「歯科医院で我慢しなくていい」

ということを知ったのである。

最近は歯科医院にもとても通いやすくなったのは喜ばしい。ただ美容院と同じくらいにそこかしこに増えていて、腕のよし悪しはどうしても出てくるし、歯科医との相性もある。今はインターネットで、歯科医院の情報が共有できるので便利になった。四十代のときにお世話になった腕のいい先生は、高齢のために閉院してしま

い、あわてて新しい歯科医院を探した。うちから歩いて行ける距離で、評判のいいところ。実際に医院の前を歩いて外見、雰囲気などを総合的にチェックして決めた。気軽に通えて治療、治療費についてもきちんと説明してくれる医院を見つけられたのは運がよかった。

前の通院から二十年経って、通わなくてはならなくなったのは、四十年前に治療した虫歯の詰め物が取れてしまったからである。口内のチェックを受けたら、痛みはないものの、早めに治療しておいたほうがよい歯が何本か見つかった。「痛かったら手を挙げろ。そして我慢しろ」方式ではないので、治療も苦痛ではなかった。すべての歯の治療が済み、昨年の秋に検診を受けたとき、スケーリングをしてくれた歯科衛生士さんに、

「どうしたんでしょう。あまり状態がよくないのですが」

といわれた。たしかに痛かったし、出血もあったようだ。歯を磨く回数も変わらなかったし、毎日、デンタルフロスを使い、歯を磨く手順も変えていなかったのにである。

「どうしてでしょうかねえ」

私もそのときは理由がわからなかった。

　昨日、検診に行き、歯科衛生士さんがスケーリング、デンタルフロス、歯間ブラシで歯の一本一本をきれいにしてくれた後、

「まったく問題がないです。前に比べてとてもよくなっていますね。これからもこの状態を維持していきましょう」

　と励まされた。先生にも、

「すばらしいですねえ。よかったです」

　と褒められて恐縮してしまった。たしかに前に比べて全然痛みはなかったし、出血もなかった。たかだか四か月くらいの間なのに、どうしてこんなに違うんだろうかと考えてみたら、昨年のその時期は書き下ろしの締切が二冊重なってとても忙しく、甘い物もふだんより食べていた。しかし今は一週間に一度、食べるか食べないかなので、違いはそれしか考えられなかった。

　私は昔から甘い物の食べすぎで、体に余分な水が溜《た》まり続けていたわけだが、四十代のときにお世話になった先生に、

「歯茎は歯と歯の間で鋭角になっているのが、いい状態なんですが、ちょっと部分的にゆるいところがありますね。体質なのかなあ」

　といわれた。甘い物を食べる習慣はずっと昔から続いていたので、歯茎にも余分

な水分が溜まっていて、むくんだ状態になっていたのかもしれない。今はちゃんと鋭角になっている。甘い物はやはり食べ過ぎるとろくなことにならない。中年以降は高血圧になる原因にもなるそうだし、これからは会食のときのデザートは食べるけれども、週に一度、できれば二週間に一度くらいに減らしたい。膝裏のぼっこり撲滅、予防のために歯科検診に通うことと共に、この三つをこれからの目標に掲げたのである。

還暦を過ぎて感じる体の変化

年齢を重ねると、性別の関係なく顔のむくみが取れにくくなるようだが、やはり気にはなる。造作は仕方がないので、せめて輪郭だけでもしゅっとしたいのに、気持ちに反して重力に負け、ほっぺたがたるんでくるのだ。顔の下半分が緩んだ感じになると、どうしても老けてみえる。女度が低い私でも、

「ここが何とかなれば、多少、ましになるのに」

と思ったりする。

テレビに出ている、私よりも歳上の女性たちはどうかと見てみると、

「おぬし、やったな」

と人工的に手を入れた人が多々目につく。私はそういった手術には詳しくないのでわからないのだけれど、顔面の下半分、とくにほうれい線が関係する、ほっぺた、口周りを伸ばしたか削ったか、引っ張り上げたかして、彼女たちの口周りは妙な感じになっている。どうしたらああいうくちびるになるのかと、鏡の前でくちびるの

両端を引っ張ってみたら、彼女たちと同じようなくちびるの形になった。たるみを両側から引っ張って、ほうれい線を消したのではないかと想像している。

私はアンチアンチエイジングなので、注射をしたり、メスを入れたりするのは選択肢にはないのだが、ふだんの生活でできることで、特別な器具等を購入する必要がなく、多少でもむくみが取れて、輪郭がましに見えるのであれば努力はしたい。その程度の希望しかない。皺《しわ》のない私とか、三十代、四十代の私よもう一度などといった大それた望みは持っていない。今よりちょっとだけましになればいいかなといった程度なのだ。

何度も書いているが、私のむくみのいちばんの原因は甘い物である。「脳は糖分を使うから」をいいわけに、それほど脳を使っていないくせに、甘い物をぱくぱく食べていたので、ほとんどが過剰在庫となって、体内に残り続けて水を溜《た》め、体を冷やす原因になっていた。私は以前から常時、お菓子類を家に置いておく習慣はなかったので、そのつど買いに行かなければ、手元に甘い物はなかった。体調が戻ってからは会食で供されるデザートを食べるくらいで、それもひと月に一回、あるかないかなので、甘い物からは遠ざかっていた。こういうときは顔はむくんでいなかった。

ところが、どういう理由なのか、むしょうに甘い物を食べたいときがある。そういうときにはナッツ類を食べたりしてまぎらわせていたのだが、やはり糖分を摂取したくなって、白砂糖が入っていないお菓子を食べたりした。それでもさすがに毎日はまずいなと思いつつ、買い物のついでに、具体的にどういう名称なのかはわからないが、柿の種を水飴《みずあめ》みたいなもので、ピンポン玉くらいの大きさに丸めたものを購入しては食べていた。柿の種にも糖分はあるが、あとはからまった水飴くらいだし、このくらいなら餡《あん》やクリーム、砂糖たっぷりのケーキよりましだろうと思ったのである。

しかしこのような、体に負担がかかりそうにない菓子でも、毎日食べ続けると、びっくりするくらい体重が増えてしまう。自分のなかでいちばん体重が重くなる時間帯に量ろうと、毎日夕食後、入浴前にヘルスメーターの上に乗るのだが、あっという間に一キロ、二キロとてきめんに増えている。通常の体重よりも二キロの増減は私のなかで限界値なので、そうなると、

「あーあ、またか」

と甘い物をやめる。毎日食べたくなるのは、習慣性を帯びてきているということなので、それを断ち切らなくてはならない。そして甘い物を食べた日にちの、ほぼ

倍の日にちで体重は元に戻るのだけれど、

「こんなにすぐに体重に影響が出るとは」

と頭を抱えたくなる。

もちろん体重が増えると、外見にも現れる。一六〇センチの人と一五〇センチそこそこの私と比べると、二キロ増は身長の低い私のほうが外から見てわかりやすくなる。試しにメジャーで測ってみると、そこここが少しずつ増えていて、そのなかでいちばんよくわかるのが、顔面のたるみなのだ。

鏡を見ればすぐに、

「あ、太った」

とわかる。それをヘルスメーターに乗って、どれくらい重くなったかを確認するといったほうがいいかもしれない。体重が重くなるとほうれい線も深くなるし、そのうえゴルゴ線まで目立ってくるので、状況としてはよろしくないのだ。

そんな話を友だちにしたら、

「私もそうよ」

と慰めてくれながら、

「だから私はね、鏡を見るとがっかり、うんざりするから、見るのはやめたの」

といいきった。鏡を見ないで済むということはありうるのだろうかと聞いたら、

「無心で見るのよ。ただ映ったものを見るだけ。どうなっているかなんて考えちゃだめ。すべて無視！」

と彼女なりの理論を展開した。むくみ、皺があるとか、しみができたとか、ひとつひとつチェックしていくと、絶対に幸せな気分にはならないので、考えるのはやめたという。彼女は専業主婦なので、家の中では素顔、買い物に出かけるときは、多少、化粧をする。そのときも、

「洗面所で洗顔後、顔にぐるぐるっと両手で日焼け止めを塗って、パウダーを適当にはたくだけ。あとのことは知らん」

と妙にすがすがしい。前夜、夫と家飲みをして顔がいつもよりやや大きくむくんでいる朝もあるが、そのときもあせることなく無視。顔は首の上にくっついてさえいればいいというのであった。

まさに師匠と呼びたいほどの達観ぶりなのだが、私はまだそこまで到達できない。しみができても気にはならないが、顔のむくみは私の体調不良の原因になった、余分な水分の滞りにつながるので、日常でチェックしておきたいところではあるのだ。

「だいたいねえ、他人はそれほど自分の顔なんか見てないって」

彼女の話によると、テレビで、男性による女性の素顔と化粧した顔の好感度の差は二パーセントといっていたらしい。婚活中の女性ならば、その二パーセントが重要なのかもしれないけれど、彼女はたかがその程度というのである。

私は化粧に関しては、外出時に最大限にやったとして、顔面の地塗り、頬紅、眉、口紅で、マスカラやアイシャドウは使っていない。手抜きのときは顔面の地塗りと口紅だけである。むくんだからといって、顔の下半分にシェーディングをしてごまかすよりも、その原因を改善したほうがいいと思う。

この間も甘い物を三日間食べ続けて、見事に二キロ増えた。その結果、顔の下半分がもたついて見えるようになった。一週間ほど甘い物を断てば元には戻るのだけれど、それを繰り返しているとよくないような気がしてきた。若い頃とは違い、顔を含めて体のすべてがたるんでいる。むくんで戻って、またむくんで戻るのを繰り返していると、風船に何度も空気を入れたり抜いたりしているのと同じように、しまいには弾力性がなくなって、ずっとたるんだ感じになってしまうのではないか。たしかに体重は体調不良から復帰したときと同じなのに、加齢もあるのだろうが、いまひとつ顔の輪郭がはっきりしないのだ。

そんなとき、たまたま購入していた五分搗《づ》き米が少なくなり、ふだん胚芽米と混ぜて炊《た》いているのだがその比率が、胚芽米のほうが多くなった。それを何日か食べていたのだが、不思議なことにふだんよりも顔のむくみが感じられなかった。もしかして五分搗き米がいけなかったのかと、あれこれ調べてみたら、もともと胃腸が弱い体質の場合、繊維質を取りすぎると便秘になったり、体の負担になったりするとあった。

たしかに若い頃は玄米食をしていて快便になったが、そのうち胃に負担を感じるようになったので、やめてしまった。そして最近は玄米を食べると、ぴたっと便通が滞るようになった。ふつうは便通によいといわれているのに、現在の私にはそうではなくなったのだ。これは私の想像だが、五分搗き米でも、私の体には負担になっていたのではないだろうか。消化をするのに体が手間取り、顔面から水分を抜く作業が手薄になったのではと考えたのである。

それから胚芽米の比率を多めにしてご飯を炊くようになったら、顔のむくみ方が少なくなってきたような気がする。また入浴中に膝裏のぽっこりを取るために、足のマッサージを毎日しているが、足首は私なりに細いままなのに、甘い物を続けて食べると、ふくらはぎがぱんぱんになっているときがある。ここに余分な水分が溜まっているのかなあと思いながらマッサージをする。

ところが昨日のことだが、久しぶりにローヒールのパンプスを履いて出かけた。いつも高さが二・五センチなので、ほとんどフラットシューズに近いのだけれど、いつもの楽な靴下にスニーカーではなく、タイツに足にぴったりとフィットした靴を履いたのだ。歩いた距離もふだんスニーカーで買い物に行く距離とほとんど変わらなかったのに、その夜、いつものように湯船の中で、両手を輪にしてふくらはぎのサイズを確認した私はびっくりした。前の日に比べて格段に細くなっていたのである。ふくらはぎが張った感じもなくなって、余分な水分がうまく流れていったようだった。

そのとき、いつも楽を求めていてはいけないなとつくづく反省した。スニーカーは足も痛くならないし、とても楽な履物だ。家の近所を出歩くときは、ほぼスニーカーで、外出するときも楽なフラットシューズばかりである。ところが足にすいつくようにぴったりとしたパンプスを履いたら、こんなことになった。これもまた私の想像だが、スニーカーで安楽になった筋肉たちが、ふだんとは違うパンプスを履いたおかげで覚醒し、

「おっ、これは筋肉をちゃんと動かさなくては」

と働いた結果、ふくらはぎが細くなったのではないだろうか。

私が若い頃、ファッション雑誌にモデルや女優のアドバイスが載っていて、「フラットシューズばかり履いていると、足が太くなるのでハイヒールを履くように」と書いてあったりした。たしかにつま先立ちみたいな格好なので、そうかもしれないなとは思ったけれど、私には実現不可能だった。お洒落《しやれ》は我慢とか、他人の目にさらされるほど、きれいになるとか、様々なものが掲載されていたが、「ふーん、なるほど」と思いながら読み、自分なりにやってみたが私の場合は効果はゼロだったと胸を張っていえた。ハイヒールは履くと歩行不可能だし、薄着なのに我慢していると風邪を引いたし、大根足にミニスカートを穿《は》いて、世間にさらしても全然、細くならなかった。しかしハイヒールでなくても、ふくらはぎは細くなってくれた。いつもハイヒールを履いている人は、逆にフラットシューズを履くと、何かが改善するかもしれない。

胃の負担を軽くすることで、顔のむくみがなくなったり、久々にパンプスを履いてふくらはぎが細くなる。特に自分が心地いいと感じている習慣だと、基本的に変えようとも思わないし、変えにくいものだ。しかし偶然の賜物で、私にはどちらもよいほうに転がってくれた。私は自分の体ながら、還暦をすぎて変化してくるのが、ますます面白くなってきたのである。

体調が悪い原因はスカート？

ふだんは可燃ゴミの日には、四十五リットルのゴミ袋一個分を出しているが、このところ半月間、とにかく自分で捨てられる物を処分するために、「不要品はないか」と厳しく目を光らせていた。その結果、収集日ごとに四十五リットルのゴミ袋五個を出し続けていたのに、いっこうに物が減った気配がない。恐ろしいことである。

処分の対象は雑誌などの紙類である。原稿の掲載誌や、出版社がご厚意で送ってくださる雑誌が送られてくると、まず自分が書いたページと、読みたいページを切り取って、本体はすぐに資源ゴミの日に出す。読みたいページが多い場合は、雑誌そのものを取っておくのだが、切り取った読みたいページも雑誌本体も、そのどちらもすぐに読まないので、おのずとそれらが溜《た》まっていたのだ。私はゴミ袋を傍らに置き、「今読まなければ、取っておいた意味がない」と、積んでいたものを一気に読み、読み終わったページを片っ端からゴミ袋の中に入れた。雑誌はまとめて縛って、資源ゴミの日まで待機である。

「不要品が家の中にあったら、そのスペースの分の家賃を計算してみよ。それだけ無駄な金額を払っている」とよくいわれるが、あるときから計算するのはやめにした。精神状態にとてもよろしくないからである。うちは汚部屋ではなく床はちゃんと見えているし、業者さんによって不要な大物は処分してもらったものの、整理整頓がなされていないので、いまひとつすっきり感に欠けている。収納家具を買うつもりはないので、私が、

「これでよし」

と納得するためには、どう考えても物を減らさないと無理なのである。

雑誌の次に、可燃ゴミの日に捨てやすいのは衣類である。何度か着用したものは、バザーに出すのは憚《はばか》られるので、捨てるしかない。夏に備えて家で着るTシャツを買い、同じ枚数を処分したので、現在の枚数は四十三枚で変わりがない。また外出用の洋服については、目についたものを漫然と買うのではなく、系統立てて購入したほうがいい。いちばん気の張る場所への外出は着物にしているけれど、ホテルであるとか、それなりの場所に行く場合は、一枚着れば格好がつくワンピース、近所に行くときのワンマイルウエアはスカートと決めてしまった。私の体形だと、シル

エットのきれいなパンツを探すよりも、スカートを選ぶほうが簡単だからである。私にはストレートパンツは似合わないと、ファッション業界にいた友だちがアドバイスをしてくれたので捨ててしまった。

　五月の連休前に打ち合わせがいくつかあり、私はそれらの喫茶店にスカートで行った。どの日も気温が二十八度の暑い日で、パンツスタイルではなく、久しぶりにスカートを穿《は》きたい気分だったのだ。といってもふくらはぎが隠れる丈の長めのものである。どの喫茶店も室内はクーラーがきいていた。そこで何時間か過ごし、ふだんなら夜九時すぎに入浴した後、真夏以外はパジャマの上に何かを羽織り、靴下を履くのに、その暑かった日はどの夜も窓を開けて風を通し、素足で家の中を歩いていた。

　そしてすべての打ち合わせが終わった日の翌朝、起きたら私の鼻は見事に詰まっていた。くしゃみは何連発も出るし、出た後は鼻が詰まる。以前もくしゃみが何連発も出たことがあったが、その時は洟《はな》をかめばすっきりして、それで終わっていた。ところが今回は洟をかむと水状のものがどっと出、ああ出たとほっとすると今度はくしゃみが出て、また鼻が詰まるという、悪循環に陥ってしまっている。熱、悪寒、関節の痛みなどはまったくなく、ただくしゃみと鼻水がひたすら出る。そしてたまに空咳《からせき》も出るようになってきた。

週に一度の体調チェックのために漢方薬局に行き、鼻水、鼻づまりの件について訴えると、

「どうしたんですか、珍しい」

と先生に驚かれた。風邪をひくのは四、五年ぶりかもしれない。これまでは風邪をひきそうな段階で手を打っていたので、大事には至らなかったが、今回はその前ぶれもなく、見事にやられてしまった。私が思う風邪をひいた原因を、スカートで外出したこと、クーラーがきいた部屋で、スカーフなどで首まわりをカバーしないでいたこと、夜、パジャマ、裸足のままで室内をうろついていたことなどをあげた。

「ふーむ」

先生にスカートを穿いていたときは生足だったかと聞かれた。

「生足にサンダルや靴は絶対に履かないので、足首を覆う丈のソックスを履いてました。いちおう冷え予防に、膝上丈のシルクのキュロットペチコートを穿いていたんですけど」

「あー、タイツじゃなかったのね」

気温二十八度の日にタイツは無理だと訴えると、

「そのあたりが難しいんですよね」

と先生はいった。

三月から五月にかけては、昨日と今日だけではなく、一日のなかでも気候が不安定で、体調管理がとても難しい。

「この時季の暑い日に肌を出すのは、気をつけたほうがいいんですよ」

冬から急に春や夏のような気温になると、体がまだ適応できる仕様になっていない。しかしついつい薄着になったり、肌の露出も多くなる。だから私もタイツはもちろん、ストッキングも穿きたくなかったのでソックスにしたのである。外を歩いているときは、寒いとは感じなかったし、クーラーがきいた部屋の中でも、冷えた感覚はなかった。

「スカートの丈が長くても、意外に冷気は中に入ってきて、足が冷えてしまうんですよ。冬はタイツを穿くから、スカートでもまあいいんですけれどね」

私も冬場はパンツスタイルかスカートにタイツだったのが、スカート丈が長くても、足元がソックスというのがまずかったらしい。

「春先に皮膚を外気にさらして、汗をかいて冷えると、肺がやられるんですよ。今は鼻の症状が主かもしれないけれど、ここで止めておかないと咳に移行して、ひどくなると肺にまでいきますから。熱もないし症状がひどいわけではないので、大丈夫だと思いますけど、今の時季は服装に気をつけてくださいね。こんな気候についていくのは大変なんですけどね。それと鼻水が出るのは、おわかりだと思いますけれど、水が溜まっていたということですからね」

「はい、わかっておりました」

ふだんよりも、一日、一、二杯分、水分を多く摂《と》っていたのは間違いない。夏のようにずっと暑いわけではなく、暑かったり寒かったりだったので、水分を摂っても汗ですべて出るわけではなく、体の中にじわりと溜まっていたのだろう。とりあえず、鼻水対処用の頓服のエキス錠を一包いただき、咳の症状を取り除く煎じ薬を調剤していただいた。驚いたことにエキス錠を服用してから、一時間後には鼻がとても楽になっていた。

しかしそれ以上、鼻水対処用の薬は服用しなかったので、鼻水は夜になるとまた出るようになった。とてもまずい煎じ薬を服用して四日目には、空咳は出なくなった。症状が治まったら、すぐに服用は中止するようにといわれていたので服用をやめた。しかし鼻も楽になってはきたが、外に出ると水のようなものが鼻からたらっと垂れてくるので、手持ちのエキス錠のストックのなかから、先生が出してくれたのと同じ薬を、一日一包だけ飲んだら、すべての症状は五日で治ってくれた。甘かったと、私は深く反省した。以前に比べて体調がよくなり、自分の体で熱が作れるようになったとはいえ、完璧な体になったわけではない。季節の変わり目ごとの注意は守らなくてはならなかった。食べ物に関しては冷たいものは口にせず、冷えないようにしていたのに、服装に関しては気を許してしまった。そのうえ最初に漢方薬局にお世話になってから、私は九歳、歳《とし》を取っている。不調が改善されたからといって、若返っているわけではなく、年々、体が老化しているのは間違いないのだ。

私の不注意で鼻風邪をひいてしまったのと、もうひとつショックな出来事があった。きちんとした外出のためのワンピースを、某店がセールをしていたのに通りがかり、これはいいと、冬、春、夏物をまとめて買い揃《そろ》えてしまったのだ。素材は季節によって、ウール、コットン、ポリエステルと様々である。ふくらはぎ丈のものもあれば、膝丈のものもある。秋、冬はタイツを穿くけれど、春、夏はシルク混のストッキングか、デザインによってはソックスでもいいのではないかと考えていた。ところが先生から、「もともと冷える体質なのだから、スカートは注意」と申し渡された。となると冬物はいいが、せっかく購入した春夏物はどのようにしたらいい

らいのかを相談した。

のだろうか。

翌週、先生に完治の報告をしつつ、体調とは関係のない、春夏の服装はどうしたらいいのかを相談した。

「急な薄着は禁物ですよ。徐々に慣らすようにしないと。夏になったらまだいいんです。ずっと暑いから。まだ体が気温の高さに慣れていない春先にワンピースを着るんだったら、そうねえ、下にレギンスを穿くとか……」

たしかにそのようなファッションの人は多くみかける。真夏にノースリーブのワンピースにレギンスを穿いている人もいるし、ショートブーツを履いている人もいる。しかしどうしてもカジュアルになる感は否めない。きちんとした外出にはそういう組み合わせは向かないのである。買っちゃったお出かけ向きデザインの春夏物のワンピースはどうしたらいいのだろう。春物は許容される気温ぎりぎりまでタイツを穿いて、暑い日にはストッキングを穿き、あとは肌着で調整するしかない。鼻風邪をひいたときも、念のためにシルクのペチコートを一枚増やしてはいたが、それでも冷えは忍び寄ってきた。丈が長めの毛糸のパンツだったら間違いなく、冷えについては万全の構えにはなる。

十年ほど前に、ごく一般的な形の毛糸のパンツを細い毛糸で編み、いまだに真冬の寒い日には愛用している。五分丈スパッツみたいな、スカート丈から見えない長さのものを編んだほうがいいかと、手持ちの編み図のファイルを探してみたら、ニットパンツの編み方が見つかった。しかしそれはファッションとしてのニットのパンツなので、太い糸で編むようになっている。これを肌着に使おうとしたら、尻回りが二サイズアップするのは間違いない。このパターンを使って、細い糸で編むことはできるが、仕事をしながらそんなことをする根性が私にあるかどうか自信がない。だいたい今年の夏には絶対に間に合わない。

試しに先生からいわれたように、下にレギンスを穿いても大丈夫そうな、購入したなかでいちばんカジュアルっぽいデザインの、Ａラインのコットンワンピースを着て、その下に一枚だけ持っているレギンスを穿いてみた。

「わあっ」

あまりに似合わないのに驚愕《きょうがく》した。ファッションというよりも、明らかに「おばちゃん、寒いから穿いてます」感が強すぎる。おまけにレギンスのせいではっきりと、ワンピースの裾から足首までの長さが区切られて、短足がよけいに目立つ有様だった。ワンピース＋レギンスは、私には厳禁なのがわかった。結局、タイツと合わないワンピースは、一度も袖を通さないままバザー用の箱に入れた。服の枚数は四十枚に減ったけれど、その時季に着たい服と体調が相容《あいい》れないのを身を以《もつ》て体験し、とうとうこうなったかと、複雑な思いで日々を過ごしているのである。

むだ毛問題

肌を露出する季節になると、女性にとって面倒な季節になる。むだ毛問題である。私としては毛は何らかの理由で生えているわけであり、極端に取り除こうとするのはどうかと思うのだが、生物学的理由と、美容的理由がとてもかけ離れているので、そこが問題なのである。

私が若い頃はどうだったかなと思い出してみると、高校生のときはみな剃刀《かみそり》で剃《そ》っていた。肌に塗って毛を溶かす除毛剤も使っていた。そんな中で、当時、最先端だった電流を毛根に流して毛を焼き切るという器具を親に買ってもらった、裕福な家の友だちがいた。

「私が試してみるから。あとで報告するね」

彼女はきっぱりといい、夏休みに自ら実験台になったのである。彼女は半袖を着ると露出する、両腕の毛をとても気にしていたが、友だちの私たちからみると、剛毛でもなく目立つわけでもなく、抜く必要などないのに、本人には悩みの種だったようだ。

彼女には脱毛の必要はないと思いつつ、私たちはその器具が効果があるのかないのか、とても気になった。夏休みの中間登校日にやってきた彼女の顔はとても暗かった。彼女の顔よりも先に、腕に目がいってしまった私たちは、腕が赤いぶつぶつだらけになっているのにびっくりした。どうしたのかと、おそるおそる聞いた私たちに、彼女は、

「あれはだめだ」

と吐き捨てるようにいった。彼女が使った道具は、ペンのような形をしており、その先端に極々細の糸のような針金がついていた。それを毛根に刺してペンにあるスイッチを押すと、電流が流れて毛が焼き切れるというシステムだったらしい。ところがまず毛穴に針金を入れるのがまた大変で、入っても金属製なので痛い。そのうえ電流が流れると、

「ぎゃっ」

と叫んで、そのペン状の器具を放り投げるほど痛熱い。毛を取るためと我慢して、「ぎゃっ」の連続を続けていたら、たしかに毛は抜けたが、刺激で毛穴の部分が赤く腫れてきた。問題は利き手に器具を持つので、左腕の毛だけが抜けたことである。

そこで母親を呼び、右腕をしてもらおうとしたら、お母さんはすでに老眼になっており、

「あら、ここかしら、あら、大丈夫?」

と首を傾《かし》げながら、肉の部分を刺して電流を流したりして、余計な「ぎゃっ」が増え、母娘喧嘩《おやこげんか》に発展したという。そして彼女も、こんな思いをするのなら、剃るのがいちばんと、器具を使うのはやめたといっていた。毛根を焼き切るので、もう毛は生えないというふれこみだったが、赤いぶつぶつがやっと治ったら、また毛が生えてきたと嘆いていた。

自然の摂理に反することをしているので、何かしらトラブルが起きるのは当たり前である。第二次性徴以降の女性に、最近は男性もそうらしいけれど、毛の悩みはついてまわる。二十年ほど前、スタイリストの女性が、

「ノースリーブを着るときに、いちいち処理をするのは面倒だから、絶対に永久脱毛がいい」

といっていた。しかし私は脱毛云々《うんぬん》の前に、ノースリーブを着られるような腕にしなくてはならず、また着たいとも思わなかったので、永久脱毛に関しては興味がなかった。そしてそういうものは、ファッション業界の人や、人前に出る職業の人

に限られているのだと思っていたのである。

しかし実際はそうではなく、今、永久脱毛は一般のＯＬ、学生にも拡《ひろ》がっている。たまに電車に乗ると永久脱毛の広告を見かけ、千円くらいでお試しができるとある。その程度の金額だったら学生でも払えるし、私などは「そうはいっても皮膚に負担がかかるのでは」とか、「何か他に問題が起きるのでは」と考えるが、若い女性たちは「手頃な値段だから行ってみよう」と気軽に考えるのだろう。

私の周囲の若い人でも、現在永久脱毛中という人がいて、いろいろと話を聞いてみたら、

「私の場合は、脱毛中の痛みはまだ我慢できるんですけれど、その後のほうがとても辛《つら》いんです」

といった。理由を聞いたら脱毛した後、とにかく患部を強烈に冷やすのだとか。それが歯の根が合わなくなるくらいなのだという。

「歯をガチガチいわせ、震えながらじっと耐えています」

炎症が起きないようにしているのかもしれないが、そういう処置をするなんて想像もしていなかった。そして永久脱毛のサロンを出るときには、全身が冷え切っているというのだった。そちらのほうが体には悪いような気がする。そして永久脱毛

後は脇汗がひどくなるので、目立たないようにノースリーブを着るか、洋服のアームホールがぴったりしていないものを着るのだそうだ。

脱毛したら汗が出なくなるような気がするが、考えてみれば毛穴と汗腺は違うから、汗のもとがなくなるわけではない。ひどくなるのがどういう理由かはわからないが、自然には絶対起こらない刺激を与えられて、汗腺の働きが活発になるのだろうか。しかし脇のむだ毛を剃らずに毛抜きで抜いている人もいたが、彼女からは汗の量が多くなったという話は聞いたことがなかった。また生えてくるのと、生えないように息の根を止めるのとは違うのかもしれない。謎である。

なかには脇を永久脱毛すると、どんどん毛を取りたくなる人がいて、頭部以外、全身、つるつるにしてしまう人もいるようだ。しかしそのたびに、その部位をキンキンに冷やされることを考えると、想像するだけでおばちゃんは、ぞぞーっとしてしまう。そして最近は、子供用の脱毛まであると知って驚愕《きょうがく》している。母親が、娘といっても小中学生を連れてきて、一緒に施術を受けさせたりするらしい。小学校四年生の子役の女の子が、

「私ももうちょっと大きくなったら、永久脱毛したいです」

といっているのを聞いて、はああと複雑な思いで感心した。私が小学校四年生の

頃なんて、これから毛が生えるとはどういうことかとは考えたが、その毛を抜くことなんて考えたこともなかった。

また高齢層にも永久脱毛希望者がいて、それは介護される身になったときに、毛があると手間をとらせるからというのが理由らしい。たしかにおむつを取り替える際も、つるっとした赤ん坊より、老人のほうが手間取るのは想像がつくが、そんなことは当たり前ではないか。そんなことまで気にする必要があるのだろうか。そうなったらそうなったで、堂々とどこでも拭いてもらえばよいのである。きっと、

「そのようになさったほうがいいですよ」

と善良な彼女たちの耳元でささやいた、黒い心を持った誰かがいたのだろう。

売れっ子の芸人さんがテレビで、髭《ひげ》を永久脱毛したといっていた。バラエティ番組は収録が長く、三時間、四時間と経《た》つうちに、色白で髭が生えてくると目立つタイプの彼は、収録前にファンデーションを塗っていても、口の周囲が青くなってきて、こそ泥みたいになるのが悩みだったという。芸能人だけではなく、学生や会社員でも頭髪以外の毛量が多いと女性に嫌われるからと、微妙に調整している人も多いと聞いた。多くの人に毛は鬱陶しがられているのだ。

つい先日、空いている電車に乗って、ふと前の座席を見たら、欧米人の観光客ら

しいカップルが座っていた。女性は二十代後半くらいのとても愛らしい美人で、半袖のミニワンピースにサンダルを履いていた。欧米人なので足も長い。そしてふとその足に目を向けたとたん、私はびっくりした。すね毛がものすごいのである。何年も処理していないように見えた。男性もハーフパンツに素足だったが、その彼よりもずっと濃かった。剛毛の男性のすね毛に匹敵するくらいで、還暦をすぎた私が今まで見た男女を合わせたすね毛のなかで、いちばん強烈だった。

外国では最近の永久脱毛ブームに逆らって、マドンナや彼女の娘、レディー・ガガ、他にも欧米で有名なフィットネスブロガーの女性が、毛の処理をしない画像をSNSにアップしているという。女性が毛を剃らなくてはならない社会に対しての問題提起なのだそうだ。彼女もこちらのグループかもしれないが、試しに彼女たちの画像を見てみたが、たしかにそこここに毛はあったが、特にみっともなくもなく、

「ふーん」

という感じで、違和感はまったくなかった。毛の処理をしている女性が同じ服装でいるのと同じ感覚で見ていた。毛があってもなくても同じだった。

対男性だけではなく、私が若い頃は、すね毛の処理をしないでストッキングを穿《は》いている女性がいると女性たちが、

「あれ、見た？　みっともないわねえ」

と陰口をたたいたりした。女性のなかでも「毛の処理をしていない人はみっともない」という考えがあり、それからはずれている人は、常識がない人、だらしがない人とみなされた。もしかしたらそうかもしれないが、今から思えば誰にも迷惑をかけていないのだから、処理したくない人はしなくてもよかったのである。しかしまだ若かった私はそんな精神的な余裕もなく、みっともないといわれたくないので、毛を伸ばし放題の同性の姿を見ると、何とかすればいいのにと思ったのは事実である。

またある殺人事件の容疑者に関して、その女性がすね毛の処理をしていなかったと、ある人がいっていた。そして「ああいうだらしのない人間だから、生活状態が乱れてひいては罪を犯してしまうのだ」といったのを聞いて、毛の処理をしていないことが、そんな大問題になるのかと、その人の説について思った覚えがある。永久脱毛はともかく、人目に触れる部分の毛の処理を怠るのは、当時は本人の考え方や問題提起より何より、まずだらしなさを意味することでもあった。むだ毛があるのがみっともないのは、第二次性徴以降、ずーっと続く。特に女性は、毛が目立たないそれ以前の姿がよいとされる。しかし胸が大きいのがよしとされているのは第二次性徴のおかげである。しかし一方ではそれが否定される。人間とは勝手なものなのだ。

その欧米人の処理しない派の女性と、その彼女を受け入れている彼の姿を見て、人としての愛を感じた。そしてふと横を見たら、スーツを着た二十代そこそこの若い男性が座っていたのだが、彼の目はまん丸く見開かれて、欧米人女性のすね毛を凝視していた。あれだけの美人なのだから、顔を見てもよさそうなものなのに、彼は私以上にびっくりしたのだと思う。じーっと彼女の足から目をそらさない。彼の頭の中には、

（どうして毛を剃らないのか。剃っていないのに隠そうとしないで、どうして堂々とあんな短いワンピースを着ているのか。彼氏は何もいわないのか）

など、様々な思いがかけめぐったのに違いない。そして友だちに、

「今日はすごいものを見た」

とツチノコを見た、と同じような興奮度で話したりするのだろう。

むだ毛を根絶して、永遠に生えてこなくするのは、面倒くさくなくて心地よいかもしれない。しかしそのために何十回、何百回も痛みに耐え、その後、歯の根が合わないほど体が冷え切るような辛い思いを繰り返さなければならないなんて、とて

も私にはできない。それよりも毛が生えるのは当たり前と、あっけらかんと伸びてくる毛と上手につきあっていく人生を送るほうが、精神的に楽なのではないかと、私は思うのである。

2. 物をかるく

ベランダのゴミを撤去

漢方薬局の先生が、知り合いの五十代の女性から、食べる量を減らしたのに、全然、痩せる気配がない。痩せるためにまず、リンパマッサージを受けたいと相談を受けた。先生が女性の現在の状態を聞くと、

「お腹《なか》がぱんぱんに張ってるの。苦しいわけじゃないし、体調も悪くないんだけど、中に何か詰まっているみたい」

と横っ腹を叩《たた》いた。先生が触ってみると、たしかにそうなっている。しかし顔を見ても脚を見ても、むくんでいないので、とりあえず彼女の希望通り、先生のリンパマッサージの師匠を紹介してあげた。

後日、その女性から先生に連絡があった。

「何が原因だったと思う?」

先生が私にたずねた。私が首を傾《かし》げていると、

「お腹のリンパのところに、水が溜《た》まっていたんですって」

という。水が滞る体質の私は、それで体調が悪くなったので、水溜まりがどういう状態になるのか、とてもよくわかる。私の場合はもともと顔幅が細くないうえに、顔の輪郭が四角くなってきたとか、足が太くなってきたとか、体全体がたるんでゆるんだ感じを自覚していた。しかしその女性は、胴回りが張った以外に、そのようなむくんだ状態はみられなかった。

彼女は家族の食事もお弁当も、毎日きちんと作り、肉も食べるが野菜を多めに食べていた。外食のときにしかお酒は飲まず、甘い物は食べない。私が水が溜まった原因は甘い物の食べ過ぎだったので、彼女がそれを食べないのに水が溜まったのは信じられなかった。太ってきて食べる量を減らしたといいながら、五十代になった彼女は、若い頃と同じ感覚で、自分の体の排出能力を超える量を食べていたのだろうか。私のように体全体に分散せずに、一点集中型のむくみもあると、はじめて知った。

溜まった水分を早く排出させるには、やはり漢方薬も飲んだほうがいいと、彼女は薬局にも通うようになった。先生は状態を考えて、やや強めの薬を調剤して渡した。すると翌日、彼女から、

「先生、すごかった」

と電話がかかってきた。夕食後に薬を服用して床についたら、ものすごくトイレに行きたくなって用を足した。ふだんとは違ってものすごい量の尿が出た。そして寝るとまた二時間後にトイレに行きたくなって目が覚めた。またどっと出る。それを二時間おきに繰り返して、

「全然、寝られなかった」

というのだった。トイレの回数が増えても尿量が減らず、

「まさかこんなに出るとは思わなかった」

と彼女は驚き、先生も驚いていた。

「出たのはよかったけれど、そんなに溜まっていたとはねえ」

それを聞いた私は、自分の水抜きの過程を思い出し、

「でも先生、私も薬局に通ってから、二リットルのペットボトル、二、三本分の水分は抜けているので、私の場合はじわじわだったけれど、一気に体から出たら、そうなるかもしれませんよ」

といった。

「なるほどね。体質によって本当に人さまざまね」

先生はうなずきながら、女性が師匠から教えてもらったという、自分でもできる

腹のリンパに水が溜まっているかどうかを調べるやり方を教えてくれた。場所が場所なので、飲食をした後にやるのはやめたほうがいいかもしれない。

場所は肋骨の下である。両手はたとえていうなら、畳の上でお辞儀をするときの手つきで、掌《てのひら》を下にしてそのままそれを肋骨の下に持っていく。そして親指の側で軽く押してみて、柔らかければ水は溜まっていない。私も早速、やってみたら柔らかかった。先生も確認して、

「本当だ、全然、溜まってない。いい状態ですね」

と褒めてくれた。

「あれだけマッサージで痛い思いをして、これでまた水が溜まっていたら、泣いても泣ききれませんよ」

そういったら先生は笑っていた。件《くだん》の女性は師匠に診《み》てもらったとき、その部分に手が入らないくらい固くなっていたそうだ。それがマッサージと漢方薬による大量の排尿で、水出しの道筋がついたのか、肋骨の下が柔らかくなってきた。症状が改善されたので、すぐに作用が穏やかな薬に切り替えたという。

「眠れないくらいトイレに通ったんだから、そうでなくちゃ困りますよね」

私にとって水が溜まる体質の話は他人事《ひとごと》ではないので、見ず知らずの人だけれど

も、話を聞いてほっとしたのだった。

若い頃は多少、水分過多、糖分過多でも、何とか排出できるけれど、五十代になると本当にあちらこちらに、それまでの自分のよろしくない行動による弊害が起きてくる。体だけではなく、生活全般に関しても、溜め込んだものがそう簡単に家の外に出せなくなる。困ったものだと思いながら、猛暑のときにうんざりし続けていた、目の前にある室内の雑多な不要品についてあらためて考えざるをえなくなった。

あのときは暑いからといって、片づけを保留していた。しかし今は猛暑の季節ではない。体と同じで、こまめにチェックをせずに、放置してしまったからこそ、私の体調は悪くなり、住んでいる部屋は処分していない不要品であふれている。体が問題ない状態に戻ったのだから、この室内も同じ状態に戻さなくてはいけないじゃないか。何度もいうが、今は猛暑じゃないぞと自分にいい聞かせた。このまま見ているのに見ていないふりをしたら、またすぐに夏が来る。そしてやる気を失い、先延ばしになったら、永遠に部屋は片づかない。引っ越しのときに片づけるといいながら、だいたい還暦を過ぎた私に、そんな体力が残っているか自信がない。

やるなら今と、思い立ったのを見透かしたかのように、大家さんからマンションの大規模修繕工事の連絡があった。平成元年の完成で年数が経《た》ち、外壁、ベランダ等、傷みが激しくなっているので、すべてに手を入れるという。それについては、ベランダに置いてあるものは、すべて撤去しておいて欲しいという話であった。

「やっぱり、今しかない!」

私はやっと重い腰を上げて、不要品を片づける気になったのである。

ベランダに出るといつもの光景である。私の部屋と隣室は、ベランダが広い作りになっている。しかし一般的には「これ、捨てなきゃだめだろ」と叱《しか》られる物品がそこここに置いてある。大家さんがベランダの柵を取り替えてくれたときに撤去した、折りたたみ式の金属製物干し。その後に購入した自立型の物干し台は、老朽化して洗濯物を干すと倒れるようになったので、ベランダの隅に放置したままだ。それにベランダで優雅にお茶でも飲もうと購入して、一度も使わなかった、折りたたみ式の椅子二脚と丸テーブルのガーデンセット。

その他、クッション部分は可燃ゴミで出せたものの、分解できなかったので放置していた木製椅子の枠のみ四脚。どういうわけかやたらに数がある物干し用の伸縮ポール。朝顔のタネをもらったものの、育てられなかった残骸《ざんがい》の植木鉢と支柱。これらを見て見ないふりをしていた自分に呆《あき》れ果てた。見慣れるというのは恐ろしいことである。しかし最低限、ここにある物すべてを撤去しなくてはならない。私は

どひどくはないが、同類の隣室の友だちも、

「何とかしなくちゃ」

とため息をついた。

「でも、これが最後のチャンスよ。どうしてもやらなくちゃならなくなったんだもの」

私たちはお互いに見つめ合い、

「がんばりましょ！」

と気合いを入れた。

先生からは、物を処分することがあったら、薬局の模様替えや、引っ越しの際の処分品が出たときに、いつもお世話になっている業者さんを知っているので、紹介してあげるといわれていた。物品の単価の合算ではなく、トラック一台分でいくらという価格設定だった。薬局に行ったときに、不要品処分の話をすると、先生がその場で連絡をしてくれて、一か月半後の予約が取れた。処分する品物は段ボールではなく、分別せずに七十リットルのゴミ袋に入れて、エレベーターの前に置いておけば、こちらが一階まで降ろさなくてもそのまま持っていってくれるという。おばちゃんは部屋が三階にあっても、不要品をエレベーターに乗せて、一階まで降ろす

ということすら面倒なので、これはとてもありがたかった。

「物がないと本当にすっきりするわよ」

先生は以前住んでいた家で、泥棒に一切合切を盗まれてから、とにかく余分な物は持たないと決めているのだ。

私は薬局からの帰りにゴミ袋を購入した。一か月半後のXデーの前に、不要品をまとめておかなければならない。さすがに今まではすぐにめげたけれど、これで一気に部屋をきれいにできると、わくわくしてきた。隣室の友だちも、一緒に不要品を処分したいというので、七十リットルのゴミ袋を買って、片づけをはじめた。私たちが住んでいるマンションの最上階には、私と友だちの二世帯しかない。私は入居二十年、友だちは新築で入居してから二十六年にしてはじめての、不要品整理となるのだった。

私はベランダの不要品は確認したので、次は室内の部屋をひとつずつ点検して、処分する物のチェックをはじめた。最初は本置き場になっている部屋である。一角には段ボールが積んであるため、下のほうには何が入っているのか記憶もない。作業用手袋をはめ、マスクをしてひとつひとつ確認していくと、あらためて不要品の多さに愕然《がくぜん》とした。ここ十数年で買い替えたプリンタが二台、ノートパソコンが三台。ビデオテープとDVDが観《み》られる再生機器が二台、レーザーディスクプレーヤーが一台。「ドデカホーン」という名前のラジカセ。これらはすべて壊れている。以前は不燃ゴミとして捨ててよかったような気がするが、現在の捨てられるゴミの基準になる寸法より大きいので、粗大ゴミ扱いになる。パソコンはメーカーに返送しなくてはならない。面倒くさいと先送りにした結果、こんなことになってしまったと反省するばかりだ。

しかし不要品はこれだけではない。その部屋の中には、大型の外国製掃除機と同じメーカーのコードレスタイプのもの。野沢のゲレンデと、今は亡き船橋の屋内スキー場SSAWS《ザウス》で、計五、六回滑った、川端絵美モデルのスキー板。ネコがガスストーブに近付かないようにと買ったものの、電気ストーブを購入したために、使用する必要がなくなったストーブガード。ファンヒーター。直径五十八センチの金属製のたらい。大型の古いスキャナー。フロッピーディスク用の外付けドライブ。厚手のビニールの手提げ袋には、パソコン周辺機器を接続する、太いケーブルが何本もとぐろを巻いていた。

「なぜ、捨てなかった」

少しがっくりきたものの、この機会を逃したら、もう部屋の片づけができないのだからと、自分を奮い立たせた。しかし次から次へと、湧くように出てくる不要品の数々に、気が遠くなってきたのである。

化粧品を見直す

私はもともと肌が丈夫なほうではないのだが、漢方薬局に通って体を温めたおかげか、肌の状態もよくなってきた。若い頃、敏感肌用の化粧品を買いにいったら、美容部員のお姉さんから、

「敏感肌っていうけれども、そのほとんどが乾燥からくるものなのですよ」

といわれた。私は、

「へええ」

といって帰ってきたのだが、漢方薬局に通うようになってからは、がさがさのかかとも、しょっちゅう荒れていた唇も治り、

「やっぱり乾燥が原因だったのかな」

と思っていた。若い頃に比べて、受け入れられる化粧品は多くなったけれども、それでも何でもＯＫというわけにはいかない。でもこってりと化粧をするわけでもないので、最低限、肌を保護できるものが、顔に付けられればよかったのである。

私の考える最低限は、クリーム状か乳液状の日焼け止めに、粉白粉《おしろい》かパウダーファンデーションで、何十年も前から、日焼け止めは私の必須アイテムだった。日焼け止めを塗らない日はほとんどなかった。しかし肌に刺激が少ない日焼け止めを使っていたのに、使い続けて二、三年経《た》つと、ぶつぶつが出来たり、肌の状態が悪くなってくる。そしてまた肌に負担がないと思われる、日焼け止めのSPF値が低めのものを探して塗る。そしてまた二、三年経つと、

「あれ?」

となり、また新しいものをと、それをずっと繰り返していた。

この間まで使っていたのは、SPF28、PA++の敏感肌用のもので、当初の使用感はとてもよかった。紫外線にはA波とB波があり、A波が肌の奥まで届き、B波は肌の表面にダメージを与えるという。SPFの数値はB波に、PAはA波に対するもので、PAのあとにつく+は+から++++まであり、私が使っていたものはA波をカットする効果がややあるという意味になる。この日焼け止めは何本も使いきっていて、

「この会社がつぶれない限り、一生、使い続けられるものをみつけた」

と喜んでいたのに、やはり使っているうちに、違和感を覚えるようになった。

肌に塗ると少し刺激を感じたり、かゆかったりしても、体調も関係しているのかもしれないと、使い続けていた。ひどい状態にはならないのだが、今年になって「何か変」がずっと続いていたので、外出しない日に使うのをやめてみると、肌の違和感が治まる。

「もしかしたら、やっぱり肌に合わなくなってきたのかも」

同じメーカーで揃《そろ》えていた、SPF15のパウダーファンデーションもやめてみると、肌の状態がよくなってきたので、

「これを使うのは限界なのかもしれない」

と再び新しい日焼け止めを探しはじめた。

そんなときにある記事を目にした。今は白粉やパウダーファンデーションにもSPFの数値が表示されていて、最低限の生活紫外線から保護できるようになっている。最近ではSPF値が50などというものも出ているが、数値が高いと効果は高いけれども、より肌に負担がかかるそうで、海や山に行くとか、炎天下でずっと過ごさなくてはいけないとか、特殊な場所に行く場合に向いているようだ。たとえばSPF20の場合、SPF1は二十分間、日焼け止めの効果があるので、二十分×二十で四百分、つまり六時間四十分、日焼け止めの効果があるということになる。ただ

し塗りっぱなしで汗で流れたりしたら、効果がないので、ずっと肌の上に適量がついていることが必要なのだ。

外を出歩く人はそれなりにSPF値が高いほうがいいのだろうけれど、私のように室内で仕事をしている場合は、SPF値が低くても問題はない。たとえばSPF28の日焼け止めの上に、SPF30のファンデーションを塗ったとしても、SPF値は58にはならず、数値の高いほうの効果しかない。それは私も知っていたのに、日焼け止めの上に何かしら粉物をつけたほうが、日光を防ぐ効果がより高くなるのではないかと考えていたのだ。

日焼け止め効果のあるものを二種類塗って、数値の総合作用がないのであれば、日焼け止めかパウダーファンデーションのどちらかだけでいいのではないか。日射しが強くなってくると、私はいつも帽子をかぶったり日傘を差したりして、直射日光を浴びるのは避けている。今まで過剰に塗りすぎて、肌のトラブルが起きていたのではないかとやっと気付いたのである。

どうも日焼け止めと私の肌は相性が悪いし、塗ると膜になっているような感覚も苦手だったので、日焼け予防ができるパウダーファンデーションで探してみた。候補にあげたのは、肌への負担が少ないといわれている、ミネラルファンデーションである。以前、いろいろなメーカーから、サンプルを取り寄せて使ってみたことがあった。肌に負担がないとはいいながら、合わないものがあったり、色が合わなかったり、候補が落ちていくなかで、ひとつだけ肌に塗っても大丈夫なものが残った。ところが粉状のものをブラシで取り、余分についた粉を落として、適量を肌につけるのが、うまくいかない。粉状なので白粉と同じようにパフでつけようとしても、どっと肌の上について厚塗りになったりして、いまひとつうまくいかなかった。私は化粧が苦手なので、テクニックがないのである。

ファンデーションが見つからない間は、ベビーパウダーや、メイクアップ用の化粧品を入れてあるカゴの底から出てきた、大昔に買ったシルクパウダーを塗ったりしていたのだが、塗ると余計に毛穴が目立って、何もしないほうがまだましだった。といっても肌の保護の点からすると、さすがにまだすっぴんには踏み切れなかった。

そしてしばらくしてまた探してみたら、前に試したミネラルファンデーションのサンプル比べで、最後まで勝ち残ったメーカーのもので、新しくプレストパウダータイプが発売されていて、これだったら使い慣れているからと、買ってみたらとても具合がいい。なので最近はずっとこちらを使っている。朝、顔を洗ったらタオルで水分を取り、肌が乾いたところで、下地用のパウダーを塗り、その上にファンデーションをつけておしまい。SPF26、PA++なので、落ちなければ八時間四十分は大丈夫ということになる。

最初は何十年も塗り続けていた日焼け止めがないことに、不安もあった。噂《うわさ》によると、今は見えないけれども、将来、シミになって出るのを皮膚の下で待機している、隠れシミというものすごく感じの悪い予備軍がいるらしい。後年、それが出てきてもまあ、しょうがないと考えている。日焼け止めをつけない、肌が呼吸をしている感覚のほうがまさっているからだ。若い頃は下着でも化粧品でも靴でも、外から見た感じがよければ、自分の不快な気分を我慢する気力も体力もあったが、もうそんなものはなくなった。まず自分が不快になるのがいやなのである。

日焼け止めをやめるとなったら、落とすための過度の洗顔は必要がないし、ミネラルファンデーションは石けんで落ちると謳《うた》っている。試しにこれまでにも使っていた、値段の安い石けん素地だけの固形石けんで洗ってみたら、やはり完全に落とすのは難しかった。もう一度、落としきれてない部分に石けんをつけて洗うと落ちた。以前は日焼け止めを落とすために、クレンジング乳液を使い、それで落とした後、石けんで洗い流す。そして美容液をつけるのが洗顔の手順だった。日焼け止めをやめたついでに、洗顔後に美容液をつけていたのもやめてみた。肌断食という肌に何もつけない美容法があるらしいのだがそれに近いのかもしれない。

以前から肌がかぶれると、肌が落ち着くまで、使っていた化粧品を、一切やめた経験が何度もある。やめると肌のトラブルが出た部分の皮が剝けるのである。このときも同じだった。皮膚の下から新しい組織が出てきて、元に戻る準備をしているわけだが、それでも乾燥時には、これはちょっとひどいという状態になる。そういう場合、ワセリンを塗るといいらしいけれど、どちらかというとべたっとした軟膏《なんこう》タイプは冬場はともかく、今の時季に肌に塗るのは抵抗があったので、洗面所にあった椿油《つばきあぶら》を塗ってみたら、やや濃厚な感じがした。なのでその横にあった、ホホバオイルを一滴か二滴つけてみたら落ち着いてきたが、オイルの感触が気になるときもある。

日射しが強い日に外出しなくてはならないときは、下地パウダーとファンデーションをふだんよりも厚めに重ね塗りをする。それを落とすには、まずぬるま湯で下洗いし、その後、コットンを濡《ぬ》らし、そこにホホバオイルを数滴たらして顔を拭く。それで顔面に残ったものが落ちるので、石けんを泡立てて泡で落とす。この方法だとオイルの成分が少し肌に残っているのか、洗顔後は何もつけなくても平気だ。極力、余分なものは肌につけないようにしているが、今のところ不具合は起こっていていない。

ない。それによって現在の私は、一個二百円程度の固形石けんとホホバオイルで、クレンジングも保湿も済んでいる。パックやマッサージは昔からしないので、持っていない。

日焼け止めを使わなくなってから、もしかしたら他にも使わなくても済むものがあるのではと、洗面所にいつの頃から置いているのかも忘れていたボトル類や、カゴの中に入れっ放しのメイク用品や道具を点検した。すっぴんで過ごしていれば、化粧品はほとんど必要がないが、顔に何かを塗るたびにそれを落とすものが必要になってくる。芋づる式に物が増えるのだ。

そこで洗面所の棚に使わないのに置いてあった、スプレー式化粧水、クリーム、スクラブ洗顔料、美容液を捨てた。もらったばかりの化粧水のサンプルは、ひどく乾燥したときに水で薄めてつけてみたら具合がよかったので、いちおう残した。カゴの中のメイク用品も、アイシャドウパレット二個、アイライナー二本、チークはピンク系とオレンジ系の二色があったので、ピンク系を捨てた。残したのはアイブロウパウダー、チーク、オーガニックの口紅一本、リップクリームのみである。それに伴うブラシ類も捨てたのですっきりした。ドラッグストアで売っているプチプラコスメは、どれも千円でおつりがくるので、肌に合わない場合もさよならしやすいのがありがたい。そして不思議なことに私には、こういった商品のほうが、高額な化粧品よりも肌の負担にならないのである。ただ口紅だけは合う合わないが激しいので、ふだん用にずっと同じ物を使っていたが、残念ながら私が使っている色だけ廃番になってしまい、がっくりしている。使い切ったら、新たに探さなくてはならなくなった。

敏感肌に関しては、漢方薬局の先生が、

「皮膚は排出器官だから、本来ならば敏感というのはそぐわないんだけど」

といったのを思い出す。洗顔後、そのつど必要なものを必要な部分にだけ、つけ続けていると、肌が排出器官という言葉が納得できた。顔面の皮が剝けてくる場所は、どれもトラブルがある部分だし、今まではそんなことなどなかったのに、毛穴からぽつぽつと酸化した固い脂のようなものが出てきて、それが取れた後は肌がつるっとする。これまで塗り続けていて余分になったものを、皮膚が排出しているのだろう。この先、歳《とし》を重ねて肌の状態がどうなっていくかはわからないし、季節によっても違ってくるのだろうけれど、今のところ顔面関係の持ち物が激減して簡素になり、とても満足しているのである。

着物、本、服を手放す

いつだったかは、はっきりと思い出せないが、気象予報士という人たちがテレビに出るようになってからのような気がする。ふと気がついたらそうなっていたのは、すべての放送でではないが、テレビ、ラジオなどで天気予報が流れると、気象予報士の人たちが、明日の気温、天気から推測して、服装についてアドバイスをするようになったことだ。たとえば「昼から気温が下がりますので、朝は暖かく感じても、コートを羽織って出かけてください」「夜、遅くなる人はスカーフやマフラーを持っていたほうが安心です」などという。

今より若かった私は、それを聞いて、

「いちいちうるさいなあ。どうして他人の服装にまで口を出すようになったんだ。そんなのは個人の自由だし、その気温でも寒いと感じる人もいるし、暖かいと感じる人もいる。個人差があるのに、あれを着ろ、これを着ろというな。天気だけをシンプルに伝えろ、第一、その天気予報が当たるとは限らないじゃないか」

と怒っていたのだ。もちろんアドバイスを受けても覚える気がないので、すぐに右の耳から左の耳に抜けていった。翌朝、起きて窓を開けて体感で服を選んで着て、それで何の問題もなかった。

今年の夏前、どうして服装のアドバイスをするようになったんだろうねと、知り合いの女性に愚痴をいったら、彼女は、

「うーん、きっと一人暮らしの人が増えてから、そうなったんじゃないの」

といった。昔は学生や会社員もだいたい実家から通っていたから、

「今日は寒くなりそうだから、一枚多く羽織って行きなさい」とか、

「そんな格好じゃ風邪引くよ」

といってくれた人がいたが、一人暮らしだと注意してくれる人もいない。

「若い人だけじゃなくて、最近は一人暮らしの高齢者も多くなったでしょう。だからそういうふうにいわれると、まるで子供や孫からいわれているような、自分が気にかけてもらっているような気持ちになるんじゃない」

気持ちの優しい彼女は、そういう仮説を立てたが、私は、

「でも自分の着る物くらい、自分で考えないとだめなんじゃないの。そんなことまで他人から教えてもらうようじゃ、ますます頭を使わなくなっちゃうわよね。高齢

者は体感が鈍くなるかもしれないけど、それでも自分の毎日の服くらい、自分の肌感覚で選ばなくちゃだめなような気がする」

といい、優しい彼女を苦笑させたのだった。私みたいに、

「おせっかいはやめろ」

と考えるのは、よほどひねくれているんだなと少し反省した。たしかに、視聴者、聴取者に評判が悪ければすぐにやめるだろうし、服装アドバイスはずっと続いているのだから、好評ではあるのだろう。ところがついこの間、あれだけおせっかいと感じていた、天気予報時の服装アドバイスが、本当に役に立ったのである。

その原因は不要品処分である。マンションの大規模修繕工事のため、ベランダに置いてあったがらくたを、室内にあった不要品と共に、トラックですべて運び出してもらってから、粗大ゴミで出すべき大型の不要品はすべて家からなくなった。あとは自分の手で日常的にゴミとして出せるものばかりだったのだが、これがまた量が多くて大変なのだ。引き出しの中に入っているときはそれほど感じなかったのに、選別のためにすべてを出してみたら、肌着や靴下といった小さなものでも、結構な山になり、その前でしばし放心するほどだった。

私の所有品のなかでいちばん量が多いのは着物なのだが、母のところから届いた、

手入れが必要な着物をすべてきれいにして、着物が好きな知り合いに声をかけて、何回かに分けてもらっていただいた。これで枚数がずいぶん減り、何とか桐タンスやステンレス製のラックに収納できている。まったく余裕はないけれど、ぎりぎりで容量を保っている状態である。

本もそれなりに本棚に収まってはいるが、最近、読みたい本が多くて買う冊数が増えてしまい、未読の本を床に積んでいる状態になってしまった。頼んでいた本がひと箱届くと、「えへへ、来た、来た」と急いで箱を開け、本を取り出してにんまりする。すぐに読みたい本はパソコンの横に積んでおき、仕事をしながらぱらぱらとページをめくる。といっても集中的に読めるわけではないので、積んである山に戻す。そういった本が随時十冊はある。

その他に椅子の上やら、各部屋の床の上に雑誌も含めて積み上げてあるので、ざっと見て大きめの段ボール箱に、四、五箱はあると思う。それらを仕事の合間に読まなくてはならず、還暦を過ぎると仕事もちゃっちゃと進まなくなるし、読みたい気持ちはあるのに、目が疲れてどうしようもなくて諦めたりと、思い通りにはならない。それでも読むペースと買う量を調整していけば、買った本はすべて読めるだろう。そして読み終わって手元に残さなくてもいい本は、バザー出品用の箱に入れるようにしている。

本は仕事にも関係するので、いずれ資料として使うかもと考えると、気軽には処分できないところもあるが、それに比べていちばん気軽に処分できるのは、私の場合、洋服やバッグ、靴なのだ。体のサイズが変わって服を買い替えなくてはならず、まずこれまで着ていた服を十枚以上、処分した。ニットは着られるが、購入時に手足が短い私の体形に合わせて、寸法を直したコート、ジャケット、パンツなどは、標準サイズからバランスが崩れているし、お金をかけて再び直しをするほどでもないものばかりだった。

「これはだめ、これも着られない」

とゴミ袋を手に捨てているうちに、最初は、購入した金額が頭をもたげてきて、袋に入れたり出したりを繰り返していたけれど、

「どうせ着られないし、デザインも似合わなくなってきたのだから」

と納得して、可燃ゴミにできるハンガーだったら、ハンガーごと取り出して捨てていた。それによって作り付けのクローゼットがすかすかになっていくのがうれしくて、服を捨てるのが快感になっていった。

若い頃に買った、イタリア製のバッグも二個捨てた。すでに持ち手がくたびれて

いたのを、せっかくだからと持てもしないのに棚に置いていたのである。靴も最近、どういうわけか足幅は狭くなったのに、サイズが二二・五から二三になったので、とりあえず全部履いてみて、つま先に違和感があるものは捨てた。普段履きのスニーカーは問題がないものがほとんどだったが、喪服用などのあらたまったときに履くパンプスは、足にぴったりしているので、やはりつま先が詰まった感じになっていた。必要なものは買い替えたけれど、これらのものも平気で処分でき、全部で八足になった。

これはいけると、いい気分で物を捨てていたのだが、問題が起きた。急に肌寒くなってきて着る服がなくなったのである。一枚もないわけではないので、正直いえばあるにはあるのだが、服の枚数を減らした。それなりに考えて捨てているつもりだったのに、実はそうではなかったようなのだ。

先日も急に寒くなるという予報の日に、外出の予定があった。そのうえ午後から雨が降り、夜まで続くという。それは困ったとクローゼットの前に立った瞬間、

「あれっ？　何を着たらいいの？」

と棒立ちになってしまった。これまでだったら、この時季のそういった天気の日には、薄手のライナーがついた、レインコートを着ていた。防水、防寒効果もあっ

て重宝していたのだが、ステンカラーのトラッドなデザインで、そのような形が好きで着ていたのに、還暦を過ぎてからは似合わなくなってきて、処分したのだった。処分したときは、そのコートがなくてもウールのロングコートはあるし、寒い時季に雨が降ったときのためにと、ナイロン製で中にポリエステル綿が入っているコートも買っていたので困ることはないと思った。レインコートを雨のためだけに持つのも枚数が増えるだけなので、補塡《ほてん》をしなかった。ところがまだウールのコートや中綿が入ったコートを着るような気温でもないが、薄手の羽織りものだと寒い。私はあせりながら、ハンガーにかかっている服や、チェストの中にたたんで入れてある、セーターなどを取り出して、今日の天気にはどんな組み合わせがふさわしいかを、必死に考えるしかなかった。しかし室温と外気温には差があるから、室温に合わせて外に出ると寒かったりする。今までは何も考えずに、薄手のニットの上にライナーつきのコートさえ着れば完結したので、他の組み合わせを考えたこともなかったのだ。

そのときラジオの天気予報で、

「日中のお出かけでしたら、薄手のコートで十分かもしれません」

といっているのを聞いて、天の助けかと思った。早速、八年前に購入したコートがわりの、薄手のニットのロングカーディガンを取り出し、薄手のタートルネックと、これまた薄手のクルーネックのセーターを重ね着した上に着て出かけた。予報どおりの天気だったけれども、特に寒い思いも暑い思いもせずに帰ってきた。そのとき、

「天気予報のときの、服装アドバイスって、結構、大事なのかも」

とはじめてわかったのだった。

これまで服の枚数が多かったときには、とっさのときに対処ができた。重宝だったのがそのステンカラーのコートで、ライナーを取って春、初秋、ライナーをつけて晩秋、冬と使えた。厚手のコットン製なので、真夏以外は着て許される素材だった。それを手放したために、中途半端な時季の、予想もしなかった低い気温の日に着る服が見事になくなった。ステンカラーのコートも、似合っているのに捨てたのならば後悔したかもしれないが、似合わなくなっていたので、その点では後悔はしていない。しかし便利に使っていたのは間違いない。その日、困ったのは事実だが、記憶力の低下のせいか、服に対して執着がなかったのか、捨てたなかでよく着ていた二、三枚は覚えているが、それ以外はほとんど記憶がない。ああ、あの服があればよかったとはみじんも感じなかった。ただただ「ない」とあせったのである。

私はクローゼットの前で腕組みをした。とにかく手持ちが四十三枚なので、いくら最近は四季の感覚が薄れているとはいえ、その季節にふさわしく、かつ外出時に着るための服が少ない。これでまた増やすと元の木阿弥なので、頭を使って組み合わせなくてはならない。そこでいいアイディアはないかとインターネットで調べてみたら、「服装指数」というものがあるではないか。そこでは毎日、日本全国の天気予報に応じて、「薄手のカーディガンが欲しい」「セーターが必要」「昼間は長袖一枚あれば十分」などと親切に教えてくれる。それを目安にしてコーディネートを考えられるのだ。

いくらアドバイスを受けても、それに見合った服がなければ意味がないわけで、寒い時季は手元にあるものを組み合わせ、重ねて着るしかない。しかし頭を使うのには今のような物が少ない状態のほうがいいのだろう。私はかつて「頭を使え」といっていたのに、服を捨てた結果、その言葉がブーメランのように自分の脳天に刺さったのを痛感したのだった。

さらに精米機、本を処分

一昨年、隣室に住んでいる友だちと、三トントラック一台分のゴミを出した後も、まだまだ荷物は家の中にあふれていた。室内やベランダに放置してあった不要品を集めて処分し、「すっきりした観」はしばらく続いていたが、一週間ほどで簡単にそのすっきり観はどこかにすっとんでいた。室内を眺めるたびに、「ああ、ここにもまだこんなものが」「これも処分できたのに」と悔やんでばかりいる。

所有していたものの八割を処分した、物はいらないと断言している友だちによると、

「今まで生きてきた年月と、あなたの性格を考えると、一回で不要品のすべては処分できないわ。あと二、三回、トラックで運び出してもらわないと」

と笑うのだ。それを聞いた私は、本当にその通りとがっくりした。捨てた直後は、

「よくやった」

と自分を褒めてやりたい気分だったのに、それでもまだまだあるという現実に直

面し、あんなに捨てるのにがんばったのに、まだ頂点に到達しないという虚《むな》しさがわいてきたのである。考えてみれば「私はやった」と自負していたけれど、一般的には全然、がんばっておらず、当たり前のことを当たり前にやっただけだった。みんな粗大ゴミが出たら、そのつど役所に連絡して回収に来てもらうか、何らかの手順をふんで手放している。それを今までためこんでいたのは、みんなが当たり前にできることができなかったからなのだ。

私の場合は、整理整頓できるものとできないものの差が激しい。仕事に関する書類などは、そのつどきちんと処理するので、重要な書類が見つからないと、あたふたした経験は一度もない。税理士さんに渡す経理関係の書類も、二か月に一度、揃《そろ》えて送っている。もちろん生ゴミ、資源ゴミなども、毎回、収集日の朝に出している。

「ならばどうして不要品が、あんなにあったのか」

なのであるが、いちいち処分するのが面倒くさかったのである。その積み重ねが不要品の蓄積につながった。経理や仕事の書類に関しては、私が渡さないと税理士さんや出版社のそれぞれの担当者に迷惑がかかるので、そのつど処理しなくてはならない。しかし不要品は同じマンションの住人に迷惑がかからない限り、そこにあっても問題はない。自分がいやでなければＯＫである。そうやって自分を甘やかしていたのだ。

そろそろ年金をもらおうという年齢になり、自分が思うように動けるのは、よくてあと十五年くらいではないかとわかってきた。

「このままじゃ、本当に洒落《しゃれ》にならん」

奮起して、毎日、毎日、何かしら捨てているのに、おまけに食材以外はほとんど物は買っていないのに、捨てても捨ててもまだ物がある。不要品が室内で増殖しているとしか思えない。

物を処分するのは、何を残すかを考えることでもある。私はほとんど毎日、自炊で、玄米を購入して家庭用精米機で精米して食べていて、私の食生活にはこれがいちばんよいと考えていた。しかし棚やキッチンストッカーなどを処分して、物が減ったキッチンを眺めていて、

「もしかしたら精米機も処分できるのでは」と頭に浮かんだ。これは私の食生活にとっては必需品で手放せず、一生、買い替えて使い続ける道具と信じて疑っていなかったのにである。

どうしてこの精米機を購入して使っていたかというと、分搗《ぶづ》き米を食べたかった

からだ。分搗きの度合いでいうと、五分だと少し硬いような気がしたのと、七分だとほとんど白米と変わりがないので、六分搗きにしてそれに雑穀を混ぜて食べていた。それが私の胃にいちばん合っていると続けていたのだけれど、そんな微妙な分搗きが何になるのだろうかと思いはじめた。この年齢になって、そんな細かいことを考えなくてもいいのではないか。もしも自分が望んでいるような分搗き米が手に入ったら、それを購入すれば済むのではないか。

以前は米は玄米、白米、胚芽米くらいしか選択肢がなかったが、調べてみたら分搗き米も売られていた。だいたい分搗きの一分や二分の違いなんて、どうってことはないのである。今までどうしてそんなものにこだわっていたのか、自分でも謎だった。

「それだったら五分搗き米と胚芽米を購入して、両方を混ぜて炊けば、問題ないのではないか」

試しに二キロずつ購入して、胚芽米を多めにしていつものように土鍋で炊《た》いてみたら、まったく問題がなかった。それを何度も確認して、自分の食生活には必要不可欠だと思っていた、精米機を捨てた。小型なのでレジ袋に入れて、不燃ゴミで処分できたのもありがたかった。

よく物を処分する秘訣《ひけつ》とか、ミニマリストの人々の生活の本を読むと、室内の物を見たら、とにかくこれはなくても済むのではと考える癖をつけるといった話が出てきた。それに納得しつつも、うちでそれに当てはまっていたのは、ベランダや室内に放置してある品々のことだった。しかし実はそうではなかったと気づいたのは、それらを家から出してからだった。それでやっと、

「うちは物がたくさんあるじゃないの。さっさといらないものは捨てなくちゃ」

の状態になったのである。その状態がゼロとすると、それまでの私の部屋はマイナス三〇〇くらいだった。それがやっとまともに物を処分できる、スタートラインに立てるようになったのだ。物が減った感じがしないのは当然だった。今までそこまでの段階にすら至っていなかったのだから。

私に、あと二、三回、トラックに来てもらわないとといった彼女は、下着と靴下は三セットしか持っていない。着ているもの、洗濯しているもの、収納しているもので、私はそれを聞いてびっくりしたのだが、既婚で子供がいるミニマリストの女性のインタビューで、彼女は二セットで大丈夫といっているのを読んで、驚嘆してしまった。つまり着用しているものと洗濯しているもののみで、そうなると収納がほぼいらなくなるというのである。

「はあ」

私はブラジャーは二枚しか持っていないが、他の下着は一週間分の枚数はあるし、靴下はもっとある。ソックス、ハイソックスのそれぞれ普通型と五本指タイプ。タイツも持っている。なくても大丈夫かといわれたら、

「減らせるかも」

と返事はするけれど、二セットは究極の枚数なので、そこまでは絶対にできないと断言できる。

大学生の頃、地方から出て来た同級生の男子は、お金がなくなって衣類が買えず、意思とは関係なくだんだんミニマリストになっていった。彼の場合はパンツの所有が一枚だけになり、それを洗うとノーパンでいなくてはならなかった。何日も穿《は》き続けると臭いが気になり、学校でもなるべく風上に立たないなど配慮していたようだ。限界が来ると近所のコインランドリーに走り、ジーンズの下はノーパンで、洗い、乾燥が終わって穿ける状態になるのを待っているのだといっていた。それほど親しくはなかったので、近づく機会もなく臭いなどは感じなかった。当時はそんな言葉はなかったけれど、究極のミニマリストは大変そうだった。

物を捨てたいといい続け、最近、ついに四十五リットルのゴミ袋十個分の不要品

を捨てた編集者の女性に、その二セットで暮らしている女性の話をしたら、

「そんなの、無理に決まってますよ」

とちょっと怒っていた。勢いよくそれだけの物を捨てられる人でも、無理だと感じたらしい。それぞれの生活サイクルにもよるけれど、通勤があると、

「下着は最低、一週間分ないとだめです」

という。そうだと思う。そして彼女は、

「何でも減らせばいいっていうもんじゃないんです」

といっていた。たしかにそうだと思う。二セットで大丈夫という人はそれでいいし、一週間分ないとだめという人もそれでいい。なかには下着を買ったり集めたりするのが好きな女性もいるし、そういう人は何十枚も持っている。問題は自分が管理できるかどうかなのだ。


私が持っているなかでいちばん多いのは着物類だが、これらはきちんとタンス等に保管して、撮影してファイルを作り、全部を把握している。小物類もバザーに出して処分したので、引き出しを開ければ一目瞭然になっている。収まるべきところに収まっていれば、量が多くても問題はないのだが、収まらないものが目障りなのだ。

それは何かというと、本や雑誌などからスクラップした記事のファイルである。仕事机兼用の食卓の上には、雑誌から切り取った記事のファイルが積んである。ファイル用のボックスを買ったのだが、すぐに満杯になってしまった。ここでまたボックスを増やすとえらいことになるので、こまめにチェックして捨てるようにしているが、あっという間にたまってしまう。内容は料理のレシピだったり、着物の楽な着方の情報だったり、素敵なテーブルコーディネートだったりで、私にとっては実用的な情報なのだ。頭の中にたたき込んで、すぐに処分すればいいのに、それができない。これは改めなくてはならない。

と思って、先日、そのファイルボックスごと捨てた。その中身を一枚ずつチェックすれば、あれもあったこれもあったと思い出すけれど、そのボックスを外から見て、

「この中にどんなものが入っているか」

と聞かれたら全部は答えられない。つまり記憶にないのである。見ればとっておきたくなるけれど、常に必要としていたわけではなかった。本棚に入れていた廃刊になってしまった雑誌のファイルも、中を見ないで捨てた。捨ててひと月以上経《た》つが、何の支障もない。「今は手に入らない雑誌のファイル」としては大事だったが、

切り取った個別のページなど記憶にないのだから、なくても同じなのだった。

そして本も減らし続けている。あちらこちらの床に積んである本も、読んだら処分を徹底するようにした。先日も段ボール箱八箱分を処分した。最近は漫画はバザーに出すけれど、それ以外の本は査定額を様々な団体に寄付できるシステムの古書店に送っている。送料は無料で古書店指定の宅配業者が集荷に来てくれるのでありがたい。それでもまだまだ本が多くて頭を抱えている。

以前は本を手放しても、図書館にいけばよいと思っていたが、最近の図書館は昔と違って私が所蔵して欲しいと思う本はほとんどない。保管庫にあるのならまだしも、区内の図書館のどこにもなかったりする。インターネットの古書店を探して本を見つけても、店主の高齢化によってシステム管理が滞りがちなのか、在庫ありになっていたので注文したら、すでに売れていたことが複数回あった。

某巨大通販サイトでは、本を探している人の足下を見て、とんでもない値段を付けている輩《やから》も多い。出版業界の様相も変わってきたので、手放しても電子書籍ならば可能性はあるが、紙の本がまた自分のところに戻ってくる可能性は低くなりそうだ。そのためえいっと手放す勇気が出ず、部屋に積んだままになっている。読んでいないのだから、思い切って手放しても問題ないような気もするが、今は読まなくても一年後、二年後に読みたくなるかもしれない。物を減らしたいと思いつつ、まだまだジャンルによっては迷い続けている自分がいるのである。

処分したものの金額を考える

私と友だちが、三トントラックで不要品を処分したと知った、ひとり暮らしの知人に、

「うらやましい。また処分するときは私にも声をかけて」

といわれた。彼女は私よりも一回り若く、整理整頓が行き届いている人なので、物があふれている印象はないのだが、

「もう物がいっぱいで。自力で少しずつ処分するのは無理になってきた」

というのだ。

他にも何人か頼まれた人がいるので、私たちがお願いした業者さんは、不要品回収のために、大型トラックで都内を走り回らなくてはならなくなりそうだ。私は自分でも深く納得するほど、不要品がたくさんあった。しかしきちんと室内が整い、無駄なものはないと感じる人も、うちにはいらないものがたくさんあるといっているところをみると、世の中にはどれだけ不要品があるのかと、恐ろしくなってくる。

そんな話を、業者さんを紹介してくれた、捨て名人の知人にした。彼女は肌着と靴下を三セットしか持っておらず、小物だけではなく、新居に引っ越す際に、自分の部屋の家具を、洋服ダンス、ベッドも含めてほとんど処分したという人である。

「この間、冬服を思い切って捨てたのよ」

また捨てたのかと、感動かつ驚きながら理由を聞いたら、作り付けのクローゼットを開けて眺めていたら、もともと所有している枚数は少ないけれど冬服はかさばるし、今の自分には量が多いのではと気がつき、

「一回しか着ていないものはみんな捨てた」

ときっぱりという。

「一回ねえ」

私は思わずつぶやいた。

「冬物で一回しか着ないものって必要ないのよ。夏物だったら汗もかくから、枚数が必要かもしれないけど」

私は、ああ、なるほどとうなずいて、家に帰り、クローゼットや引き出しを調べてみたら、冬に一回しか着なかったものは結構あった。当然ながら、二回着たものもある。それを見ていると、一回しか着なかった服がふびんになってきた。

「一回も二回もほとんど同じじゃないか」

こんなふうに思うから、いつまで経《た》っても物が減らないのだ。

物をすぱっと捨てられる人は、

「あなたは一回、あなたは二回。よって一回のあなたは基準に満たないので、さっさと家から出ていってもらいます」

といい渡せる。一方、私の心情を正直にいうと、

「今年は一回かもしれないけど、来年、三回着るかもしれないよね。今年だけの話で決定するのはよくないかも」

などと考え、処分するのをためらう。そして来年、二回、三回着るかと問われると、自信を持って、着るとはいえない。つまり「あったら便利かも」という基準が自分のなかにあるために、いつまで経っても物は減らないのだ。すっぱりと物を捨てられる知人のように、曖昧さをなくして、きっちり線引きするのが大事なのだ。

現在、喪服、コート、パジャマ、肌着、靴下等をのぞいて、洋服の所有枚数は四十枚になっている。新しいものを買ったら、一枚、あるいは二枚、処分している。

それを知った担当編集者の女性たちが、試しに自分が持っている服の枚数を数えたら、ある人は冬のセーターだけで四十枚あり、またある人はトップスだけで四十枚

以上あったという。なかには、

「あまりに恐ろしくて、数えられません」

という人もいた。

「おおまかに見た感じで、どれくらいありそう?」

とたずねたら、

「とにかくいっぱいです」

と数が数えられない人のような会話になってしまい、苦笑していた。彼女たちは通勤があるので、ずっと家の中で仕事をしている私とは立場が違う。私よりも枚数は必要になるはずなのだ。そういっても、

「でも多すぎます」

とみんなは口を揃《そろ》えていう。自分なりに多すぎると感じてはいるようだが、いざとなると処分できないのだ。

私は服や着物を換金した経験はないが、リサイクルショップに持っていくのはいいと思っている。バザー、寄付に関しては、いろいろと人それぞれの考えがあって、新品でないものを人にあげるのは、相手に対して失礼だという意見もある。そういう人は、自分がもらう側になったときに、新品以外はいやだと感じるからだろう。

しかしクリーニング済みで、受け入れ側の条件をクリアしているのであれば、私はバザーや寄付をするのは悪くはないと考えているし、それが必要である人のところに届くのであればと、私は新品か一回だけ洗った服に限ってバザーに出してきた。まだ自分が着られると感じられるものを送るのが基本中の基本だが。「ならばなぜあんたが着ないのか」と問われると、悶絶するしかなく、不徳の致すところとしかいいようがない。

先日もテレビで、節約というとまず使うお金について考えるけれど、そうではなくて処分したものに支払った金額を考えたほうがよいと、専門家の人が話していた。それを耳にしたとたん、両手で両耳を塞いで、

「わーっ」

と叫びながら走って逃げたくなった。まさに耳が痛い話であった。これまでどれだけ物を処分して、お金をドブに捨ててきたか。恐ろしくなってくる。

その恐ろしい事態がこれからは起きないように、還暦過ぎて真人間になろうと、自分の曖昧などす黒い気持ちをクリアにするつもりで、不要品を処分したのである。そのときはそれで、ちゃんとした人になれると考えていたが、そんなに甘いものではなく、今のところつま先からくるぶしくらいまでしか、まっとうになった感じが

ない。あとは黙々と物を処分するのみである。

本も、先月一度処分した後に、また本棚を整理して、玄関に七箱の段ボール箱が積んであり、現在も進行中なのでまだまだ増える可能性がある。以前は女性作家の生涯など、書きたいテーマがあり、それに従って資料や本などを探して買い揃えていたのだが、そういう類のものは版元から求められなくなり、自分も資料等を読んで書くのは体力的にしんどくなってきたので、これからは自分ではなく他人様《ひとさま》が書いたものを読むと決めた。こういった類のものが段ボール箱に三個分あった。

本を前にすると、これは読む、こっちもこれから絶対に読むと、本棚から抜き出す手が甘くなるのだが、こういった考えをするのもやめた。曖昧排除である。絶対に手放さないと決めた本と、今、読んでいる本以外はすべて処分。このような基準にしたら、本棚に置いてあるほとんどの本を箱に詰めなくてはならなくなった。本を寄付する先は決まっているのだが、あまりに量が多くなってきて、逆にこんなに送って大丈夫かと心配になっている。しかし本が減ったら、現在の、本棚に入れるというより縦横に突っ込んでいる方式ではなく、念願の一列並べができそうなので、せっせと本を抜き出している。

そしてつい昨日、例の捨て名人に会ったら、今度はアルバムを全部捨てたという。

もちろん家族の了承を得ての話である。

「デジタル化すればいいっていわれたけど、やり方がわからないし、そんなの保存したって見る？　自分の若い頃の写真を見たって若返るわけじゃなし、子供との思い出も頭の中にあるもので十分よね。夫も娘もいらないっていうから捨てちゃった」

彼女は本も読んだらすぐに処分して、手元には置いておかない主義だ。小説本も買って読むと人にあげてしまう。仕事関係の本はあるが、それらは仕事場に置いていて、自宅には持ち込まない。それでも厳選して五十冊ほどだといっていた。そんな人でもアルバムには家族の歴史があるので、これまで持ち続けていたが、写真は選別せずにどーんとまとめて捨てたといっていた。

そういう思い切りのいい人の捨て方はわかったが、物品の購入についてはどうなのだろうかと、

「引っ越してから、日常的に消費するもの以外に物は買ってないの？」

と聞いてみた。すると前の家から持ってきた三人掛けのソファーを、リビングルームから自分の部屋に移動し、新しくカバーやサイズを選び、オーダーで八人掛けのソファーを購入したのだそうだ。

「ソファーの上でごろごろできるように、座面も広めにしてもらったの」

最初はソファーは座るためだったのだが、最近は疲れたときにちょっと横になりたいことも多くなり、座面が広くて大きいソファーが欲しくなったといっていた。ソファーは場所ふさぎなので、必要ないという人もいるけれど、人それぞれの生活スタイル、年齢によっても、必要な服も家具もすべて違ってくる。物があってもなくても、住人が快適ならばそれでいい。何でもそうだが、誰かの真似《まね》をしてもうまくいくとは限らないのだ。

私の還暦以降のワードローブを作るため、尽力してくれたファッション業界にいた友人は、「とにかくうちは、家具貧乏」といっていた。彼女が夫と住む賃貸の部屋は、家具は少ないけれども、どれも海外の高級家具ブランドで揃えられた、厳選されたセンスのいいものばかりである。現在の部屋に住んで二十年なのに、模様替えのために、すべての家具を四回、買い替えたのだそうだ。それで自分たちの住居がいい環境に整えられるのであればそれでいい。が、専門家の話のように、

「処分したものに払った金額を考える」

となると、

「ひえーっ」

となる。それで世の中の経済は回っていっているわけだが、あらためて考えると、その金額に背筋が寒くなる。でもいくらお金を残したとしても、あの世には持っていけないので、生きている間に楽しみや気持ちが安らぐことに使ったほうがいいと思う。

物を処分しても、何にも物を買わないわけではない。歳《とし》を重ねていくと、今まで何の問題もなく使っていたものが、急に使いにくくなる。衣類、バッグ、靴の重いものが辛《つら》くなるのと同様なのである。それへの対応のために、今まであったものを処分して、必要な物を購入する買い替えの意味もある。そのうえ物が多いと管理ができなくなるので少数精鋭にと、私のような年齢は老齢への過渡期にあるので、余計、面倒くさいのかもしれない。これを気にしないで突っ走ると、高齢になって部屋の中に物があふれる。それでも平気な人はいいけれど、賃貸マンションに住む独身だと、可能な限り身軽にしたいので、まだ気力も体力も残っている今、ふんばらないとだめなのだ。

本棚を整理していたら、大昔に購入して未使用だった革製のシステム手帳が出てきた。汚れもないし来年から使おうかと中紙をはずそうとしたら、指の力が弱くなっていて、なかなかリングがぱかっと開かなかったのに衝撃を受けた。こんなに力が弱くなっていたなんてと、おばあさん度が二〇パーセント上がったような気がした。このように以前は難なく使えたものが、使えなくなってきている。しっかりとしたリングタイプの手帳は、今後は買ってはだめと自分にいいきかせ、結構、高かったのにとため息をつきながら、その手帳もバザー用の箱に入れたのだった。

3.しがらみをかるく

スマホに躊躇する理由

　先日、友だち数人と会食した。話していてちょっとわからない事柄があると、誰かがスマホやｉＰａｄを取り出して、ささっと検索する。そのときは外車の「マイバッハ」の話が出たのだが、誰も現物を見たことがなく、一人がｉＰａｄですぐに調べて教えてくれた。一同、画像を覗《のぞ》き込んでは、

「なーるほど」

と納得したりしていたのである。

　久しぶりに会ったので、みなそれぞれスマホで写真を撮影し合い、私も撮影してもらった。しかし携帯もスマホも持っていない私は、誰も撮影してあげることができない。いつも写してもらうばかりで申し訳ないと恐縮しているうちに、料理が運ばれてきた。そこでみんなはスマホとｉＰａｄをしまい、皿に盛られた料理を食べはじめた。

　そこでまたああだこうだと、おしゃべりをしながら食事をしていたのだが、私は

話に相槌《あいづち》を打ちながらも、みんなに何もしてあげられない自分について、ずっと考えていた。デジカメは持っているんだから、持ってくればよかっただの、コンパクトデジカメも机の上にあったんだから、あれだったらかさばらないから、持ってくるのに問題はなかったのになど、ぐずぐずと考え続けていた。

なぜデジカメが二つもあるかというと、挿絵担当のイラストレーターの方に、私の手持ちの服の画像を送らなくてはならない連載があったからである。持っていたデジカメは古かったので、より画素数が多いコンパクトデジカメを新しく購入したのだった。しかしスマホがあればそれらはいらなくなる。持ち物を減らすという問題はいつも頭にあるので、どこかで読んだ、スマホがあれば物は減らせるという話を思い出していた。

私は音楽を聴くときに、CDをプレーヤーに入れて聴いているのだが、スマホがあればダウンロードして好きな音楽を聴ける。そうなるとCDもプレーヤーもいらなくなる。現在、CDはケースからはずし、ファイル状のホルダーを買ってきて、それに入れているのだけれど、一冊分で結構な重さになっているのが三冊ある。小唄などの純邦楽が、ダウンロードのリストに入っているかはわからないが、CDプレーヤーからスマホ本体に注入（?）する方法もあるのだろうし、それができればスペースが空く。

また私は方向音痴なので、都内の地図帳を常備している。パソコンを使うようになってからは、グーグルマップで場所を確認したうえに、地図を開いて自分で手描きの地図を作り、それを持って外出していた。どうしても本で確認しないと安心できない性分なのである。しかしスマホの音声ナビを使えば、ぶ厚い地図帳も紙も不要になる。ふだんはスマホは不要だと思っていたのに、たまたまそのときの私の気持ちと、スマホがあると物が減らせるという話が合体して、

「私、スマホ、買おうかな」

とぽろっと口から出てしまった。

すると場が一瞬、しーんとなった。

「そうよ、買ったほうがいいわよ」

といった人が二人。黙って私の顔を見ていた人が二人。そして残った一人はびっくりした顔で、

「えぇーっ、男ができたの」

と叫んだ。

「はあ?」

予想外の反応をされて、私もびっくりしてしまった。

「どうして私がスマホを持つのと、彼氏ができたのがつながるの?」

魚の煮付けを食べながら、発言主の彼女に聞くと、

「だって、これまで持っていなかったのに、急にそんなことをいうなんて、男ができたとしか考えられない」

というのだ。いくら考えても、私にはスマホがそことはつながらなかった。以前はスマホも、そのずっと前は電話すらなかったのに、それでも男女は好きな相手に連絡を取り、デートもしていた。私がスマホを持とうかと心が動いた理由は男性ではないが、もしそうだったとしても、家に固定電話やファクスがあるわけだし、それで相手に連絡を取ろうとすれば、問題なく話はできる。私に「男ができたのか」と聞いた人は、どこにいてもスマホで密に連絡が取れるから、そのようにいったのかもしれない。しかし中高生じゃあるまいし、そんなにしょっちゅう相手と連絡を取る必要もないし、取りたいとも思わない。

「スマホがあると、機能が統一化できるでしょ。CDもプレーヤーもデジカメも、地図の類もいらなくなるって思ったから」

そう私は説明した。スマホ持ちの友だちは、

「CDねえ。昔はよく聴いていたけど、最近、音楽は全然、聴かなくなったわ」

といった。いつそれも潔いと思った。私もCDは持ってはいるものの、毎日聴いているわけではなく、そのほとんどは聴いていない。しかしたまに、そのうちの一枚を聴きたくなったりはする。きっぱりとすべてのCDとプレーヤーを処分する判断もあるけれど、ただ大沢悠里のゆうゆうワイドの「お色気大賞」のCDが聴けなくなってしまうのはちょっと寂しい。スマホによる物品整理の話をして、買う理由が男性ではないとわかった彼女は納得してくれたが、

「そうよ、買ったほうがいいわよ」

といった人たちは、その後も熱心に、スマホのよさを説明してくれた。

彼女はガラケーからスマホに替えた直後で、アプリの多様性に感心していて、その便利さを私に説いた。彼女がいちばんのおすすめといったのが、スマホでタクシーが呼べるアプリで、

「これから歳《とし》を取って、どこで倒れても平気なんだから」

と力説する。画面も見せてもらったが、周辺を走っているタクシーが、地図上をくるくると動いていて、ひと目でわかる。たしかに歳を取るにつれて、出先で気分が悪くなる可能性はあるから、便利かもしれないけれど、それとスマホを買う必要

性を比べると、

「それだけじゃねえ」

ということしかなかった。

「どうして？　これってすごくない？」

すごいけれど、もし私だったら出先でタクシーを呼ばなければならないような状態になったら、申し訳ないけど周囲の人に頼ってしまう。自分で呼べないほど、まずい状態になったときも、周囲の方々におまかせする。だいたい人事不省になったら、自分でスマホでタクシーを呼ぶことすら、できなくなるではないか。ただ他人《ひと》様《さま》が困っているときに、助けられないのはとても心苦しいけれど。

スマホを買うのを躊躇《ちゅうちょ》する理由のひとつに、マナーがいまひとつの所有者が多いこともある。そんな人たちと同じものを所有したくない気持ちもある。どこへ行くにもスマホを手にし、何でもかんでも撮影したがる人たちを見ると、けじめがつけられない人なんだろうと感じてしまう。たとえば車内でスマホを見ている分には、こちらには被害は及ばないが、歩きスマホはあれだけ危ないといわれているのに、まだまだやっている輩《やから》が多い。私は腹が立つので、向こう側から歩きスマホの人が来ても道を譲らない。あまりに歩きスマホをしている人が多いので、どの程度まで近づいたら、彼らが相対する歩行者を認識するかを試したいのだ。

歩きスマホをしているのは、だいたい若い人なので、まだ環境察知能力があるのか、あと二、三歩のところではっと気がついて、よけていく。ほとんどの人が男女とも、

「すみません」

と小声で謝るのは、まだかわいらしいのだが、十代から二十代前半の女の子は強気である。あと一歩のところでぶつかりそうになって、はっと顔を上げた彼女は、そっぽを向いて、

「やだー、あぶないー」

と顔をしかめて歩いていった。

(何だそれは、こっちのせりふだよ)

といいたくなった。いちばんひどかったのは、ぶつかりそうになって顔を上げ、私と目が合ったら、

「ちっ」

と舌打ちしてにらみつけてきた、二十歳《はたち》そこそこの女の子だった。

スマホの能力は日に日に向上し、ずっと魅力的な機器であり続けている。しかし

それを使っていると、どんどん人間の能力が衰退してしまい、持っている手から人間として必要な様々なものが、スマホに吸い取られていくような気がして、ちょっと怖くもある。

先日、テレビを見ていたら、スマホをずっと使い続けていると、二重顎になるという話をしていた。スマホを使うときに俯《うつむ》くので、それで顎がたるむというのである。俯くのは本を読むときも同じ体勢になる。私も本はたくさん読んできたが、小学生がやるように、机の上に本を立てて、両手で本を持つような姿で本は読まない。手元に置いて俯いて読んでいた。私の顎がたるんでいるのは、本を読みすぎたせいと、加齢が合体したものだろう。

スマホを手から離さない人たちは、小さな画面をずーっと俯いて見ている。きっと学校で勉強していても俯くだろうし、会社で仕事をしていても俯く。視力は悪くなりそうだし、首や肩が凝りまくっているのではないか。おまけに二重顎説も出てきた。私は歩きスマホの人に対しては、いい印象はまったく持っていないので、スマホばかり見ていると、こんなことになるぞと、おどかしてやりたかった。私は今度は電車に乗ったときに、スマホを見ている人たちが、二重顎かどうか調べてみた。男性の場合は太った人を除き、特に若い人については二重顎は見られなかった。

ところが、若い女性は二重顎まではいかないけれど、顎まわりがたるんでいる人が予想よりも多かった。加齢の二文字なんて関係ない、生まれて二十年、長くて三十年くらいの年齢で、体つきはすっきりしているのに、顎だけにたるみがある。私は降りるべき駅を乗り過ごしそうになりながら、同じ車両にいる、スマホを手にした人々をチェックしていた。

若い女性を十五人チェックしたなかで、顎まわりが問題なしと思われたのは五人で、あとの十人は顎まわりがたるんでいた。明らかにチェックした人数が少ないので、これから電車に乗るたびに、調査しようと考えている。ちなみにスマホのせいか、体格のせいかわからない、ふっくらタイプの若い女性はカウントしなかった。スマホを手にしたおばちゃんは、ほぼ全員、たるんでいたので、途中からカウントするのはやめた。スマホの二重顎説は、若くかつふっくらタイプではない女性に顕著に現れるようだ。若い男性にはたるみが見られなかったところによると、肉が軟らかいので、女性のほうが被害を受けやすいのかもしれない。

しかしスマホを使っても使わなくても、結局は二重顎になるのだったら、スマホを使ったほうがいいと、若い人はいうだろう。私も顎のたるみがなかったら、手からスマホを離さない人々に対して、もっと厳しく指摘できるのにと無念でならない。

スマホと二重顎の関係調査で、車内での楽しみが増えたわけであるが、私の持ち物が減ったかというとそうではない。物を減らすために何かを買うのは、今の私には厳禁な気がしてきた。CDも一気に処分ではなく、枚数を厳選して持てばいい。

「歩きスマホの人々も、自分に被害が及ばなければ放っておけ。それより先に部屋の中にまだどっさりある物品を何とかしろ」

どこからか私をきつく叱《しか》る声が聞こえ、ごもっともですと、深く反省したのだった。

子供に関心がない親

七月のはじめ、出先でばったりと知り合いに会った。彼女のお子さんが今年から小学校に通いはじめたので、

「夏休みになると、お子さんがずっといるから、御飯の準備とか、いろいろと大変ね」

と声をかけた。

「そうなんですよ。でも月に千円ちょっと払うと、同じクラスのお友だちとの食事会とか、いろいろとイベントがあって、息子が外に出かける機会も多いんです」

「そういうシステムがあると、働いているお母さんたちは安心ね」

私がそういうと、専業主婦の彼女が、困ったような表情で曖昧に笑ったので、どうしたのかなと見ていたら、

「子供と一緒に家にいると間が持たなくて。私も助かっているんです」

といったのだ。彼女も急いでいたので、それで別れたのだが、私は、

「子供と一緒にいると間が持たない」

と母親である彼女が発した言葉が、それからずっと頭から離れなくなってしまった。

彼女は四十歳をすぎてからの出産で、年齢的にも更年期に入っているので、日常的に体調が悪いのかなと思ったけれど、そういう話はなかった。間が持たないで思い出したのだが、彼女がまだ独身のとき、

「休みの日に何をしていいかわからないんですよ」

とたずねられた覚えがある。趣味がないので、時間がつぶせないというのだ。

「本は読まないの」

そう聞いてみると、彼女は教科書以外の本を開いたことがなく、雑誌は買うけれど、文字は読まずに、写真を見るだけで捨ててしまうといっていた。

私は文章を書いているが、本を読む習慣がなかったり、興味がないという人に対しては、

「ああ、そうですか」

と受け流す。しかし本を読まない理由は知りたいので、彼女にもたずねたら、

「とにかくじっとして、ページをめくっている状態に耐えられないんです」

といわれた。

「ああ、なるほど。そういう習慣がないと、急には難しいよね」

といったら、彼女が、

「変ですか」

と聞いてきた。

「変だとは思わないけれど、他に趣味もなくて本も読まない人は、暇な時間に何をしているのかなとは思う」

と正直にいったのだ。

「そうですよね」

彼女はうなずいていたが、その後、本を読むようになったとは聞いていない。彼女が本を読もうと読むまいと、私にはどうでもよくて、その気になったら読むだろうし、興味がなかったら一生読まないで終わるだろう。読書の楽しみを知らないのは、もったいないなあと思うけれど、それを彼女に押しつける気はない。彼女は芸能関係のワイドショー的な話題には詳しかったので、自覚はないにせよ、テレビを観《み》るのが趣味のようなものだったのだろう。

私は出産も子育ても未経験なので、彼女とほぼ同年輩の、二人の子供の子育て経

験のある女性に話を聞いたら、

「そういう人っていいますよ」

とさらっといわれた。子供といると間が持たないという母親は、多くの場合、子供に関心がないというのである。

「母親なのに、子供に関心がないの？　この世に産み出したんだから、そうはいっていられない責任があるんじゃないの」

「そうなんですけれど、そういう人たちの感覚は違うんですよ」

彼女の知っている母親は、女の子が欲しかったのに男の子が生まれて、とても落胆していた。親としては子供の性別がどうであれ、その子なりの成長が楽しみなのではないかと思うのに、その母親はそうではなかった。

「毎日、退屈だって、愚痴しかいわないんです。『男の子なんか洋服を着せる楽しみもないし、虫だとか電車だとか、くだらないものばかりに興味を持って。毎日、土や泥を触って汚らしい。どうして女の子が生まれなかったんだろう』って。さすがに子供の前ではいわないんですけれど、ママ友たちと一緒にいると、文句ばかりいってました」

母親に陰でそのようにいわれている男児が、気の毒でならない。

「御飯を食べさせて、病気にならないようにしていれば、それで十分だと思っているみたいですね」

「はあ～ん？」

私は呆《あき》れてそんな変な声を出すしかなかった。その母親は、子供がうれしそうに虫をつまんで、

「ママー、こんなのがいた」

とにこにこして走り寄ってくると、

「やめて、こっちに来ないで。そこに捨てて。捨てるまでこっちに来ちゃだめ」

とヒステリックに怒鳴りつけるという。

「私も虫は大嫌いですけど、息子二人は虫が大好きなんですよ。だから虫を見せられたら、うえーっと引きながらも、『よかったねえ。でもお母さん、虫は苦手なのよ』っていってたんです」

「それが親としての対応でしょうねえ」

「でもその人は、自分の気に入らないものは、完全に拒否なんです」

「親子の会話もなくなるよね」

「自分が虫が嫌いな理由をちゃんと話してあげれば、親子の会話が成り立つのに」

小さな出来事をきっかけに、会話をつなげていけば話題も広がって、とても間が持たなくなるような状態にはならないのに、うまく子供との会話を引き出し、成り立たせられないタイプの母親なのかもしれない。

知り合いの女性について考えてみると、その母親と共通点があるような気がした。彼女はもともと子供が嫌いだったのに、いきあたりばったりでできてしまった。結婚と妊娠の順序が逆になり、仕事をやめなくてはならなくなった。それは誰に押しつけられたわけではなく、彼女自身が選択した結果なのに、妊娠中出産後と、彼女は苛立《いらだ》っていた。

出産時も母体、胎児とも何のトラブルもなかったのに、自然分娩《ぶんべん》ではなく、予定日を待たずに「面倒くさいから出しちゃった」といったり、出産後も夏場、抱っこすると暑くて鬱陶しいから、泣いても放置しているとか、授乳が面倒なので、母乳が出るのにさっさとミルクに切り替えたとか、経験のない私でも驚くような話をしていた。私に当たり前のように話してくれたところを見ると、本人は自分の行動に疑問を持っていなかったのに違いない。それでも子供はかわいいといっていたので、私は安心していた。

そして子供が成長すると、今度は「間が持たない」である。彼女は子供を放置しているわけではなく、週に何度も子供の好きな外食チェーン店に連れていき、二か月おきに歯科医で歯のチェックを受けさせ、児童館などへ積極的に子供を連れていって、同い年の子供たちと遊ばせたりしていた。子供のことを考えているのだなと私は思っていたのだが、もしかしてそれは、自分の都合だったのかと思い直した。子供を受け入れる態勢ができていないので、すべて家庭の外におまかせしているのではないかと思うようになった。

たとえば子供が中学生の反抗期で、会話が成り立たないのならわかるが、小学校の低学年なら、親がきっかけを作ってあげれば、いくらでも親子の会話は続くだろうに、そのきっかけが自分では作れない。だから外に出かけて、子供の関心をそちらに向けさせる。子供もその場にいけば、同じ年頃の子供たちがいるし、みんなと遊びはじめる。母親はそれを黙って見ていればいいだけだ。

彼女がテレビが好きなのなら、子供と一緒にテレビを見ながら話をすればいいし、家事を一緒にやってみるとか、家の中で虫一匹を見つけても、たくさん間を持たせるきっかけはあるはずなのに、親子が関わりを持つきっかけを、家庭内で探そうとはしない。男の子がいやという母親も、間が持たない母親も、自分の考えが頑固にあって、相手が我が子であっても、彼らに自分を合わせるのが嫌なのだ。自分のペースを頑《かたく》なに守って、崩したくないのだ。

これらの話を彼女たちよりもひとまわり年上の、すでに子育ても終わった女性に話したら激怒していた。

「そういう人たちは、親から子へ伝えられるものが何もないのね。ただ産んで育てればいいわけじゃないのに。そうやって親から子へ受け継がれていくべきものが、断たれてしまうのよ」

自分の中に伝えるべきものがないから、外へそれを求める。そういう人たちは自分の親からも、受け継いできたものはないのかもしれない。男の子嫌いの母親についてはわからないけれど、間が持たない彼女は、ひとりっ子で、お母さんがずっと働いていたので、学校から帰ると一人でずっと家の中にいたといっていた。そういう状況だと、たしかに日中の親子の会話は少ないかもしれないけれど、同じ境遇の人が同じような子供の育て方をしているわけではない。彼女は必要以上に子供と関わるのが負担になっているのだろう。

母親だってたまには静かにのんびりしたいから、子供の夏休みが終わってほっとしたとか、いつも脇にへばりついていられると、家事がはかどらないから、外で遊んでくれたほうがいいという気持ちはよくわかる。しかし、「子供といると間が持たない」という感覚は、それとは違い、子供との関係を拒絶しているように感じる。もっと積極的になって、子供が興味を持っていることを見いだしてあげたり、尊重してあげたり、自分もそれなりに努力することが必要なのではないか。

小学校低学年の子供が、親と一緒に外出するのは楽しいだろうし、そこでは非日常があるので、親子の会話は成り立つ。百組の親子がいれば、百通りの親子の関わり方があるけれど、いちばん大切な淡々とした日常の生活で、親が子供に対して関係が保てないというのは、問題がある。彼女は表面的には穏やかで感じのいい人だ。会うたびに彼女は、無邪気にプライベートな話をしてくれたが、出産、授乳、そして今回の話と、これ以上聞いていると、

「あなた、それでいいと思ってるの」

とおせっかいでいってしまいそうだった。

子供に被害が及んでいるのならともかく、そうでないなら、他人様《ひとさま》の子育てに口を出すのは憚《はばか》られるので、彼女の言葉がずっと心にひっかかりながら過ごしていたら、昨日、彼女からメールが届いた。そこには「子供がピアノを習いたいというので、習わせることになりました。私も一緒に習いはじめたので、二人で練習しています」とあって、私は画面に向かって思わず、よかったねえとつぶやいた。これで

家での親子の会話も成り立つし、彼女も趣味が持てて、これから楽しみが増えるだろう。

完璧な人間はいないし、親になるにしても事前に子育てについて学ぼうとする人もいれば、全く考えない人もいる。子供とのつきあい方も、早い段階で気づける人と、そうではない人もいる。一生、気づかない人もいる。彼女は気づくのが遅いタイプだったのだ。そんな人が経産婦でもない知人のおばさんから、非難がましいことをいわれたら、腹を立てたに違いない。私が若い頃だったら、間違いなく腹の中にある、いいたいことを全部いってしまったけれど、余計なひとことをいわないで本当によかった。私も気づかされたと、胸をなで下ろしたのだった。

家族について

私の両親は、私が二十歳のときに離婚した。それまでも父親が事務所として借りていた、文京区のマンションに泊まることが多くなり、別居状態が続いていたが、夫婦、親子の関係修復が困難になったのだ。特に弟は父親をとても嫌っていて、父親が家を出て行く形になった。その後、彼がどうなったのかは知らないし、調べる気もなかった。母親にとっては一応、結婚した相手なので、その後を気にはしているようだったが、私と弟は、まったく興味がなかった。どうなろうと知ったことかと思っていたのである。

デザイン関係の自由業だった父親は、収入があったときは派手に過ごし、収入がないときも派手だった。妻子を扶養する意識がとても低く、私と弟が小学生のとき、その郵便貯金まで下ろして、自分が欲しかったカメラのレンズを買う足しにしたときには、子供ながらあっけにとられた。父親が自分の買いたいものを買った残りのお金で、家族は暮らしていた。長い間、父親対母子の対立があり、結婚二十一年後に彼は家を追い出される形になったのである。父親を嫌っている一点で、母親と私と弟は団結し、とても仲がよかった。裕福ではなかったが、みなそれぞれ楽しく過ごしていて、父が家を出て行ったとたんに、三人とも体重が増えたのも面白かった。ところが今では私対母と弟という対立ができてしまった。現在、母は施設にお世話になっているので、対立構造からは抜けてはいるのだが、対立の原因を作った人でもある。おかげさまで私の仕事が順調で、本もたくさん売っていただけるようになったのを知った彼女は、おねだりが激しくなってきた。着物、家具、調度品など、もちろん私が知っている部分もあるが、知らないうちにあとから多額の請求書がまわってきて、何度もびっくりさせられた。弟にも、

「イギリスの老齢のギター職人が作ったギターが欲しい。すぐにお金を振り込んでくれないか」

と懇願され、二百万ほど払わされた。それらの究極の形が家だったわけだが、負担額に従って弟の名義が三分の一、残りの三分の二が私の負担になるから、よろしくといわれて、

「何をいっとるんだ」

と母親と弟と大げんかになった。昔、新聞などで公開されていた、高額納税者の

末尾に私の名前が載ったのを見て、彼らは舞い上がったのである。彼らは勝手に土地を見に行き、ほぼ四十坪の区画になっていたのを、母が、「四十坪じゃ狭い」といって、二区画購入した。それを弟から聞いた私は、「契約し直せ」と激怒した。弟はいちおう、「わかった」と返事をしたが、結局、こちらにまわってきたのは、八十坪の土地と、そこに建てる延べ面積二百平米の家屋の、三分の二を負担する、頭金とローンだった。

その後も弟が、

「母親が高齢になったときに、車移動が多くなるので、車を購入したい。ついては頭金を出してもらえないか」

といってきた。それならば、なぜ四十坪の家にしなかったのかと聞いても、それには答えず、「給料が安くて金がない」の一点張り。母と独身の弟が同居することもあり、彼に親の面倒をみてもらうことにもなるので、私は仕方がないとあきらめて送金した。

そして今、ローンはすでに払い終わっているが、私は彼らに対して甘かったと深く反省している。家が建ってほぼ二十年、私が実家に行ったのは一度しかない。その理由は私が実家の合鍵をもらってないからである。てっきり私の分のスペースも作ってあるのだろうから、増えた本などを置けばいいと考えていたが、私の部屋は実家には作られていなかった。母か弟かのどちらかがいなければ、勝手に出入りができない状態になっていた。

母が倒れて入院した際、弟は彼女の持ち物を処分しはじめた。そこで弟から、ほとんどを私の金で購入した母の着物は、手入れをしていないのではないかと連絡があった。これは彼の唯一の手柄である。直後に、ドラムセットが入るような、見たこともない大きさの段ボール箱四つに、着物や帯がどっさり詰め込まれて家に届いた。

「こんなこともあるのだから、合鍵を渡して欲しい」

といっても無視された。

その間も、弟との間にはトラブルが起きた。私が母親の経済的な面倒を見ていたので、扶養家族にしていたのだが、弟が同じように扶養家族にしていると役所から書面が届いて、びっくりしてしまった。電話をしたら、「会社の人にいわれたから」という。五十過ぎた男が、会社の人のせいにするのである。どうして私にひとこと相談しないのだと怒ったら、

「同居している人間に、扶養の義務がある」といいばる。都合の悪いことはすべて人

のせい。そしてすべて自分の勝手で物事を進める性格なのだ。

その後も、施設に入った母の様子を知らせるメールが届くたびに、合鍵を渡すようにと返信するのだが、無視され続けた。そして昨年、いつものように何もなかったかのように、メールがきたので、私も無視した。その一週間後にもメールを無視した。すると、

「なぜ返信してこない」

と怒りのメールが届いた。その理由が、母親が急に倒れたこともあり、こちらの体調を心配がてら、いつもメールを送っているのに、無視とは何事だと書いてあった。

「これまで何度も、合鍵を渡して欲しいといっても、無視されているので、私も同じように無視をする」

そう返信すると、そんなメールを読んだ記憶はないので、これからパソコンのこれまでのメールを検索して調べるとか、わけのわからない、まどろっこしいことをほざくので、また頭に血が上ってきた。

それからはメールで大げんかである。もちろん向こうは、私にきちんと説明できるような理由がない。たったひとつ、繰り返していうのは、「警備会社にいわれて

いるから」だった。そこで、

「身内と警備会社とどっちが大切なのか」

とたずねるとメールが来なくなった。ここで負けるものかと、しつこくメールを送ってやったら、

「鍵を渡してもいいけど、自分がいないときに合鍵で入ったら、警備会社につかまりますよ」

などといってきたので、本当に頭にきて、

「こいつ、許せない」

と見限った。これは引導を渡さねばと、

「私が名義の三分の二を持っているのにもかかわらず、そのような言葉を吐かれ、実家に自由に出入りできないのはなぜなのか」

「これまで私にねだって負担させたもろもろに関して、どう思っているのか」

と問いただし、

「あんたは、前にもいったように母親が亡くなったときに、喪主をきちんとやってくれればよい。私はこれから一切、あんたが病気になっても路頭に迷っても面倒はみないし、私もあんたに面倒をみてもらう気はないので、そのつもりでいるよう

に」

　とメールで絶縁を宣言した。といっても母親が亡くなったときには顔を合わすだろうから、完全な絶縁状態はその後になるだろうが。

　そのメールの最初の質問はスルーされた。彼には私を納得させられるような理由を説明できないので当たり前であろう。二番目に関しては、

「たしかに甘えていたと思う」

　とはいっているが、詫《わ》びの言葉はなし。私は子供の頃から彼が、「ありがとう」「ごめんなさい」をいったのを聞いた記憶がないのだ。そういう性格なので、もらったもん勝ちという気持ちでいるのだろう。そして最後に、

「お金と家とどっちが欲しいですか。可能であれば、名義を一人に統一して、片方の負担した分をお金で払ったほうがいいのではないか」

　などと書いてきた。私が名義の三分の二を所有している限り、文句をいわれるし自分の思い通りにならない。それをどうにかしようと画策したのに違いないのである。

「こいつ、本当に頭が悪すぎる」

　私よりも勉強ができて偏差値も高く、国立大学を卒業して一部上場企業に勤務し

ているというのに、人として情けない限りである。こんなことになるのだったら、最初から彼が自力で購入できる家を建てればよかったのだ。彼の同僚は同じ給料で、妻子を養い親の面倒をみている人もいるのだから、弟ができないはずはない。分不相応の家をほとんど姉の懐をあてにして建て、それなのに姉の実家の出入りを排除し、あげくのはては名義をどちらか一人に変更するのはどうかといってくる。

これまでの発言、行動からすると、弟は家を独占したいらしい。となると自分では建てられない広い家に一人で住むために、私は体よく利用されたことになるではないか。

「あんたには、びた一文渡さないわい!」

万が一、私に家を渡すというのなら、とっとと荷物をまとめて出て行ってもらいたい。

あまりに腹が立ったので、弟がいっていたように、本当に給料が安くてお金がないのかを調べてみた。ありがたいことに、本当に今はインターネットで、様々な検索ができる。東京都の企業で、給料がいいトップ五〇〇社のランキングが出ていた。そのサイトを見てみたら、弟の会社が二五〇位より上に載っていた。

「なんだと」

とむっとしながら、この十年で平均年収が増えた会社もチェックしてみたら、こちらも二五〇位より上に位置している。十年前から彼の会社の給料がどっと増えたとも考えられないので、社会的にいえば給料が安いどころか、高いほうだったのである。当時はそれを調べる術《すべ》もなかった。

「騙《だま》された……」

給料が少ないからと泣きつかれて買わされたギター、家、車……。過去は戻ってこないから、悔やんでも仕方がない。そのときふと、私がギターの代金や車の頭金を払わされたことを知らない、まだ元気だった頃の母親が、弟が船舶免許を取って、船を買ったといっていたのを思い出した。趣味のギターも何十本も所有し、高額の自転車も持っている。私は友だちに記憶力がいいといわれるのだが、こういうときに怒りの原因が増えるような、余計な事柄まで思い出すので、本当に困ってしまう。問題はこれから先の話をどうするかである。

ほとんど実家に入れてもらってないし、不動産を所有する気持ちはないので、実家には執着はないが、私が質屋にまで通ってお金を捻出《ねんしゅつ》してローンを払った分は、きちんと回収したい。残念ながら現在の実家の価値は、かつての三分の一程度に下がってしまっているのだが、現在の価値に則《のっと》った金額をもらっても納得できないし、希望金額以下だったら私は名義を手放さない。彼は口約束だと自分の都合の悪いことは無視するし、嘘《うそ》をつくのがわかったので信用せず、きちんと間に専門の人を立てて、明文化するつもりだ。

どうしてこんなことになったのかと呆《あき》れてしまうが、昔は仲のよかったきょうだいも、大人になれば考え方が違ってくる。弟はあんなに父親を嫌っていたのに、実は父親とまったく同じ性格だったということを、自覚していないようだ。こういう人間を説得するなんて無理な話である。相容《あいい》れないものがあったら、関わらないようにして、相手から離れるしかない。私は弟に絶縁をいい渡し、これから不愉快な感情を、少しでも持たなくて済むと思ったら、胸につかえていたものがすっと消えていったのだった。

波風を立てたくない？

二か月ほど前、小学生の男の子がいる編集者の女性が、

「知ってますか。最近の子供は運動会で骨が折れちゃうんですよ。問題になっていた組み体操のピラミッドをやっているわけでもないのに、ふつうに走ったりしているうちに、折れるんです」

と教えてくれた。

「へえ、そんなに簡単に折れちゃうの」

「そうなんです。この間も息子の運動会で三人、骨を折ったんです。このままじゃ、この先、危険だからって、運動会が中止になるんじゃないかって心配になるくらいなんです」

そんな様子では、それまでにもいろいろとあったのではと息子に聞いたら、

「うん、他のクラスだけど、体育の時間に骨が折れた子はいた」

といっていたそうだ。

私が子供のとき、といっても大昔の話だが、今ももちろんそうだろうが、子供が骨を折るのは大変な出来事だった。それほどレアなケースでもあった。たしか通っていた小学校全体で、自転車で転んで手を骨折した子が二人と、同じく自転車に乗っていて、車に追突された子が足を骨折して、松葉杖《まつばづえ》姿でお母さんがしばらく付き添って登校していた記憶があるが、それ以外は見ていない。しかし一回の運動会で、ただ校庭を走っただけなのに、三人骨折というのは、あまりに数が多すぎる気がする。

彼女の息子はサッカーをしているので、

「息子さんはボールを蹴ったとたんに、骨が折れるっていうことはなかったの」

とたずねたら、

「さすがにうちのは野生児なので大丈夫なんですけど、サッカークラブでそういう子もいるらしいです」

と悲しそうな顔をした。本当に子供たちの骨がもろくなってきたらしい。そしてそういった子たちは、勉強がとてもできる子が多いというのだ。

また別の母親に聞いた話だが、娘の同級生にも、すぐ骨を折る小学生の男子がいるという。彼は親にいわれていやいや勉強しているのではなく、自発的に中学受験を頑張ろうとしている、まじめな子なのだ。自発的にしているので、息抜きにゲームや散歩をしようという気もなく、ずーっと勉強している。陽《ひ》に当たるのは、学校の行き帰りと塾に行くときくらいで、塾を出るとすでに夜なので、暗いなか家に帰る。そしてそこからまた、寝るまで勉強するという。

性格も穏やかで優しくていい子なのだが、かわいそうに今年の頭にも、下校時に転んで足の骨を折ってしばらく入院していた。同級生がお見舞いに行くと、問題集や参考書が積まれていて、漫画などは一冊もなかった。彼は、

「来てくれてありがとう」

ととても喜んでいたらしいが、みんなは彼のあまりの勉強漬けぶりに、びっくりして帰ってきたというのだった。

骨を折るような疾患を抱えているわけでもなく、単純に骨がもろい。

「どんなにいい学校に入っても、これから大変ですよね。運動量だって多くなるだろうし、自分も怖いだろうし。もうちょっと勉強を減らして、御飯をたくさん食べて、外に出て陽に当たったほうがいいと思うんだけど」

彼女が心配して、出過ぎたことかと躊躇《ちゅうちょ》しながら、授業参観のときに彼の母親に、

「大丈夫？」

と聞いたら、

「うん、折ってもね、すぐ治るから平気」

と気にしていない。

「どうしちゃったのかな。小食なのかしら」

鎌をかけてみたら、彼の母親は、

「うーん、あの子はそうかもしれない。朝はトースト一枚だけだし、夜も少なめかな。私、お肉が嫌いで肉料理は作らないから、野菜ばっかりなんだけどね」

という。えっと驚いて彼女がよく聞いたら、母親が肉や卵嫌いなので、おかずも肉なしの野菜炒《いた》めとか、コンビニの梅おにぎりだけとか、よくて宅配ピザなど、そういったものらしい。

「勉強ばかりしてると、食欲がなくなってくるみたい。おやつの甘い物はたくさん食べてるけど」

ごく当たり前のように話すので、彼女が、「これからますます成長していくんだから、お肉のおかずを作ってあげたら？　焼き肉のたれみたいなものもあるし、炒めるのは簡単だし」

と骨を折ってしまう彼のために、少しでもよかれと思って話すと、

「うーん。私、肉、嫌いなのよ」

と母親が難色を示すのだった。彼女は、

（あんたの好き嫌いじゃなくて、子供の体を第一に考えてやれよ）

と腹が立ってきたが、母親はそれでよいと思っているのである。

あまりにその男の子がかわいそうなので、娘に、

「『うちに御飯を食べにおいで』って誘ってあげたら」

といったら、

「だめだよ。前にも他の子のお母さんが同じことを考えたみたいで、声をかけたけど、『塾のスケジュールがいっぱいで暇がない』って断られたんだよ」

という。彼のことを気にしている母親が、他にもいてうれしかったけれど、血の繋がっている母親が、何も気にしていないというのが大問題だと、彼女は怒っていた。

カロリーは足りているが、ミネラル分が足りない食事をしているのは、男の子ばかりではないと思うが、どうして男の子が骨を折るのかしらと聞くと、女の子は女性ホルモンで守られているからじゃないかという話だった。

これから先、何十年も彼らの人生が続くというのに、大変な状況になってきたと、

知り合いにその話をすると、

「そうなのよ。今の子はちゃんと食べてないのよ」

とうなずいた。彼女は仕事としてではないのだが、人づてにあの人に相談すると、受験に合格するという噂《うわさ》が流れ、紹介が紹介を呼び、受験に関する生活のアドバイスをするようになった。多くの場合、母親が子供に対して怒っていて、子供にひとことといってくれと、連れてくる人が多い。多いのは、「やる気がない」「塾でのテストの成績がどんどん落ちている」といったもので、夏の終わりから親が焦りはじめて、やいのやいのと子供のお尻を叩《たた》きはじめるのだった。

まず親はいかに我が子がだめなのかを、延々と話し、

「きっちり叱《しか》ってやってくださいよ」

と怒っている。子供は親が一緒にいると正直に話さないので、親を近所の喫茶店に隔離して、子供の話を聞くと、決して勉強がいやになったわけでもなく、やる気が失《う》せたわけでもない。ただ、

「疲れる」

としかいわない。子供がそういうときは、ちゃんと食事を摂《と》っていない場合が多いので、

「どんなものを食べているの」

と聞くと、これは疲れて当たり前だと、彼女が嘆くような内容だった。たとえば夏休みの時の食事は、ほぼ毎日、朝はバナナ一本。昼はそうめんで、ちなみにおかずはない。そして夜になってやっと野菜炒めが出てくるのだが、玉ねぎ、キャベツ、もやしばかりで、そこにたんぱく源である肉の姿はほとんどなく、上に二、三枚、薄いのがのっている程度。彼女がびっくりして、

「それじゃ力も出ないね」

と聞くと、彼はうなずき、

「ずっと疲れてる」

と訴えた。勉強するには体力も必要だし、体力がなければやる気も起きない。そして母親を呼び、「子供は悪くない。あなたがいちばん悪い」と怒り、その夏休みの食事についてたずねると、

「バナナは糖分補給で体にも頭にもいいって聞いたし、昼は簡単に作れるものじゃないと面倒くさいし、夏は買い物に行くのが面倒なので、冷蔵庫の中にあるものだけで作った」

と弁解した。

「子供のために、買い物くらい行きなさい」

といっても、

「えー、面倒くさい」

と顔をしかめる。母親は車が運転できるので、徒歩で行かなくてもクーラーがきいた車で、往復することも可能なのだ。そしてどうしても子供の成績が落ちたのを、自分の責任と認めたくないのか、

「ピザをちゃんと食べさせているし、あれって栄養があるんでしょ」

と口答えをする。

「ピザってどんなもの?」

「デリバリーだけど、バジルもトマトもちゃんとのってた」

量が知れているだろうと呆《あき》れると、チーズには栄養があるから、それでいいのだと、ごまかす。

だいたいそういう親は、自分の非を認めたくないので、ああだこうだと口答えばかりしてくる輩《やから》が多く、彼女も頭にきて、

「とにかくあんたがいちばん悪い!」

と怒ると、むくれて黙ってしまうというのだ。とても裕福な家なので、作りたく

ないのならば惣菜《そうざい》を購入したり、ケータリングでも利用できる立場なのに、それをしようとしない。そこを彼女が突っ込むと、当の母親は、

「だってそういうことをしてると、ご近所に私が手抜きをしてるって思われるじゃない」

といい放った。

「もうあの女には何もいうべき言葉がない」

彼女は心の底から怒っていた。

ほとんどの母親は反省するものの、何を作っていいかわからないので、彼女がメニューを書き、母親たちに作り方を教え、子供が食事らしい食事を摂るようになると、元気を取り戻して、成績も上がるという。

「昔は子供に体力があったから、受験のときは不安定な気持ちを安定させるような方法だけを、アドバイスすればよかったんだけど」

こんな状況で受験させられる子供たちが気の毒になってきた。

また子供も、食べたいものを親に要求するかというとそうではなく、食べたくてもじっと我慢している。与えられたものを黙って食べるだけである。親子の間で波風を立てたくないという気持ちがあるらしいのだ。昔は親子喧嘩《げんか》などは日常茶飯事

で、母親と子供で揉《も》めはじめて埒《らち》があかなくなると、会社から帰ってきた父親が参入し、多くの場合に母親の肩を持つので、怒りが倍増した子供が、

「くそじじい、くそばばあ」

と暴言を吐く。そしてまた場が荒れるというのを繰り返していた。そこまで極端ではなくても、だいたい似たり寄ったりだった。

しかし今は違う。とにかく家庭内で波風を立てないようにと、家族が自分の思いの丈をぶつけない。そしてその影響を子供がいちばん受けてしまい、自分が食べたいものがあっても、本当は受けたい学校があっても、それを親にはいえない。両親が子供の気持ちを察してあげればいいのに、そんなことはせずに、親の都合だけを押しつけて、とりあえずは問題もなく物事が進んでいく。そしていいたいことを抱えて発散できない子供が疲弊してくると、やる気がないと叱るのだ。私は親になったことはないが、人間関係としてこれはとてもよろしくないのは十分にわかる。変な親が多くなったと嘆く彼女に、私もうなずくしかなかったのである。

本書で紹介されている漢方薬局につきましては、所在地、連絡先などのご紹介はできませんのでご了承ください。

かるい生活《せいかつ》

朝日文庫

2020年11月30日　第1刷発行

著　　者　群《むれ》ようこ

発 行 者　三宮博信

発 行 所　朝日新聞出版

〒104-8011　東京都中央区築地5-3-2

電話　03-5541-8832(編集)

03-5540-7793(販売)

印刷製本　大日本印刷株式会社

Published in Japan by Asahi Shimbun Publications Inc.

定価はカバーに表示してあります

ISBN978-4-02-262036-1

落丁・乱丁の場合は弊社業務部(電話 03-5540-7800)へご連絡ください。

送料弊社負担にてお取り替えいたします。